콜트45

콜트 45 (큰글씨책)

초판 1쇄 발행 2022년 8월 30일

지은이 정광모
펴낸이 강수걸
펴낸곳 산지니
등록 2005년 2월 7일 제333-3370000251002005000001호
주소 부산시 해운대구 수영강변대로 140 BCC 613호
전화 051-504-7070 | 팩스 051-507-7543
홈페이지 www.sanzinibook.com
전자우편 sanzini@sanzinibook.com
블로그 sanzinibook.tistory.com

ISBN 979-11-6861-080-4 03810

정광모 소설

콜트45

산지니

차례

57번 자화상

경매사 목소리는 유혹적이었다. 경매장에 올 때마다 촉촉하게 사람을 당기는 경매사의 목소리를 들으면 이상하게 그림이 사고 싶어졌고, 올라가는 경매 금액도 하찮게 느껴졌다. 나는 매번 내 월급 액수를 떠올리며 속에서 치밀어 오르는 충동을 억눌렀다.

서울경매회사의 137회 경매 첫 작품은 야요이 쿠사마가 1996년에 그린 호박 그림이었다. 캔버스에 아크릴. 붉은 호박에 검은 점이 박힌 자그마한 그림이 이억 오천만 원부터 시작한다. 야요이 쿠사마가 1940년대부터 수수한 매력에 반해 그리기 시작한 호박 시리즈였다. 동양인 여성으로 국제 미술 시장에서 잘 팔리는 작가다. 경매석 양쪽 스크린에 그림과 원화, 달러화, 홍콩달러화, 위안화, 엔화로 표시한 금액이 올랐다. 뉴욕 크리스티나 소더비에서 낙찰된 미술품은 실시간으로 전 세계에 전파되어 그 금액에 맞춰 새롭게 가격이 매겨진다. 미술품은 국제시장에서 콩과 구리처럼 동시에 값을 매기는 상품으로 행세하고 있다. 이에 대해 그림을 아끼고 즐기는 사람은 우리에게 영감과 행복을 주는 작품이 타락한다고 생각한다. 시장은 그런 비판자를 돌아보지 않고 제 갈 길을 가며 가격을 매기기에 바빴다.

경매사는 낙찰 최저가에 맞춰 값싼 작품은 백만 원 단위로 호가를 올리는가 하면 어떤 작품은 수천만 원 단위로 올렸다. 이번 첫 작품은 천만 원 단위로 금액을 불렀다. 이억 육천, 이억 칠천. 경매사는 현장을 한눈에 훑고 전화 경매까지 챙기면서 더 응찰할 사람이 없는지 은근하게 물었다. 경매사의 황홀한 음성에 금액은 순식간에 삼억 오천만 원으로 뛰고 좌석 중앙에 앉은 여자가 패들을 들면서 삼억 칠천만 원까지 내달렸다. 더 없습니까? 마무리하겠습니다. 경매사가 손에 쥔 봉을 두드리고 다음 그림으로 넘어갔다.

137회 경매의 두드러진 작품은 김환기가 뉴욕 시절 그린 대형 추상화와 천경자의 풍경화였다. 김환기 작품 「인생」은 여태까지 팔린 작가의 작품 중 최고가를 기록할지도 모른다는 평이 돌았다. 미술잡지 기자로 나름의 안목을 닦은 나는 그럴 가능성은 없다고 헤아렸다. 한 재력가가 자신이 세울 박물관에 전시할 대표 작품으로 「인생」을 눈여겨본다는 말이 돌고 있어 오늘 결과가 어떻게 나올지 궁금하긴 했다.

그보다 나는 강호범 화가의 「자화상」이 어떻게 처리될지 확인하고 싶었다. 이번 호에 「자화상」을 둘러싼 논란과 경매 결과를 분석한 기사를 실을 계획이었다. 강호범 작가가 어떤 모임에서 오늘 경매에 나오는 「자화상」이 위작이라고 말했다는 소문이 돌았을 때 나는 그야말로 뜬소문에 불과하다고 짐작했다. 서울경매회사는 경매에 내놓는 작품이 위작 시비에 휘말리는 걸 극도로 경계했다. 근현대미술팀의 뛰어난 감식가가 출품작의 재료와 물감과 화풍과 서명을 사전에 철저하게 검증했다. 근현대미술팀은 소장자가 출품작을 소유한 이력을 영수증과 사진, 계약서 등 서류를 통해서 꼼꼼하게 점검했다. 그리곤 검증을 통과한 작품을 외부 위원에 위촉해서 재감정했고 외부 감정인 모두가 만장일치로 진품으로 인정해야 경매에 내놓았다. 서울경매회사에서 낸 경매 미술품에 위작 시비가 붙지 않는 건 이처럼 나름 치밀한 대처 덕분이었다.

그런 서울경매회사에서도 「자화상」 소문을 들은 모양이었다. 이번 경매를 취재하면서 민성태 근현대팀장에게 「자화상」 관련 소문을 물었다. 나는 강호범 작가가 위작이라 발언한 모임 구성원이 더 궁금해 민성태 팀장에게 그 얘기를 듣고 싶었다. 팀장이 소문에 예민하게 반응해 나는 화들짝 놀랐다. 그는 오히려 내게 위작 관련 얘기를 다른 곳에서도 듣는지, 우리 잡지 편집장은 어떻게 생각하는지를 캐물었다. 나는 대수롭지 않게 말했다.

그냥 헛소문 아니겠어요?

낌새가 수상해서 그러죠.

이상할 게 뭐 있습니까? 작품 출처가 분명하다면서요?

137회 경매에 나온 「자화상」은 Y화랑에서 내놓은 물건이었다. Y화랑은 무명이던 강호범 작가를 몇십 년 동안 한결같이 밀어준 곳이었다. 강호범 작가가 미술계에서 차지한 지명도는 Y화랑이 올린 것이다. Y화랑은 매년 강호범 작가 전시회를 열었고 3년마다 특별 초대전을 열어 작품을 널리 알렸다. 언론과 미술잡지에 열심히 강호범 작가를 홍보했고 Y화랑이 쥐고 있던 인맥과 미술계에 힘을 써 작품을 팔았다. Y화랑은 전시회에 나온 몇 작품을 직접 사들이기도 했다. 덕분에 강호범 작가는 작품 제작에만 오롯이 집중할 수 있었다. Y화랑은 작가의 예술성을 확신했다. 강호범 작가가 경매 낙찰가 기준 국내 작가 탑 세븐에 들어가면서 Y화랑은 크게 성공했다. 일곱 명 중 생존 작가는 두 명에 불과했다. Y화랑은 무명 화가를 발굴한 데다 투자도 놓치지 않은, 보기 드문 성취를 거둔 셈이다. 강호범 덕분에 Y화랑이 부를 쌓았다고 해도 틀린 말은 아니었다.

미술품 경매는 오후 4시부터 시작했다. 나는 경매가 열리는 날은 두 시간 일찍 왔다. 곧 경매에 올릴 작품은 누구나 둘러볼 수 있다. 잠시 후에 경매가 시작될 예정이었다. 경매대 맞은편 좌석에 앉은 입찰자들은 도록을 뒤적이며 경매 개시를 기다렸다. 양 옆에 앉아 전화 입찰을 받는 직원들이 소곤대며 오늘 경매 작품을 평했다. 경매장에는 화려하고 눈에 띄는 옷을 입은 우아한 여인이 많았다. 낡고 칙칙한 옷에 덥수룩한 머리를 한 중늙은이도 눈에 띄었다. 경매장에선 사람의 재력을 옷차림으로 평가할 수 없었다. 가끔 하층 노동자나 식당 아줌마처럼 보이는 사람이 칠억이나 십이억 하는 작품을 서슴없이 사는 모습을 목격하면 사람 눈을 속이는 겉모습의 장난에 움찔 놀라곤 한다.

민성태 근현대팀장은 경매장에 전시된 강호범 작가의 「자화상」 앞에 서 있었다. 내가 민성태 팀장에게 다가서자 그는 몸을 비켜 자리를 내주었다. 우리 둘은 한참 「자화상」을 뜯어봤다. 경매 번호 57번, 최저 경매 가격은 1억 6,000만 원이었다. 경매 수수료와 부가세를 생각하면, 적어도 2억은 있어야 손에 넣을 수 있었다. 강호범의 「자화상」은 인기가 높아 실제 경매에 들어가면 3억은 훌쩍 넘어갔다. 자화상 형태는 다양했다. 얼굴을 그린 그림이 많았지만 앉아 있거나 팔짱을 긴 자세, 비스듬히 섰거나 술을 마시는 자세 등 여러 종류였다. 자화상은 그림을 바라보는 사람을 의심하는 눈빛을 하고 있었다. 윤곽선은 굵고 눈빛은 강렬했다. 이마와 턱의 유화 물감이 유독 두꺼웠다. 강호범은 매년 자화상을 두 점 정도 그렸다. 그의 자화상은 대체로 찡그리고 있거나 다가올 미지의 사건을 두려워하는 기색이거나 아니면 어떤 결정을 내릴지 망설이는 표정이었다. 강호범 작가가 자화상을 오래 그린 덕분에 청년 시절의 앳된 얼굴부터 주름 잡히고 점이 많은 지금의 초상까지 한 인간이 살아낸 생이 담겨 있었다. 그래서 똑같이 믿지 못하고 두려워하며 찌푸린 얼굴이지만 청년과 노인의 자화상이 주는 느낌이 확연히 달랐다. 청년 시절의 자화상을 보면 밝고 기대에 찬 인상을 받지만 찬찬히 살피면 역시 의구심과 두려움이 깔린 작품이었다. 강호범 작가가 그린 풍경화 속 나무나 건축물도 세상을 의심하는 인상이었다. 내가 왜 여기 붙박여 자라야 하는지 영문을 모르겠다는 나무와 꼼짝 않고 무거운 하중을 견디며 왜 서 있어야 하는지 몰라 화난 건축물이라고나 할까. 자화상에 나타난 화가의 내면은 불안과 정체 모를 존재에게 쫓기는 심리였다. 이해 못 할 바가 아니었다. 거대한 미술 시장은 괴물이었다. 소수의 화가만이 주목받고 그림이 팔렸다. 시장이 어떤 화가를 선택할지는 오리무중이었다. 전업 화가로 산다는 건 괴물이 득실대는 초원에서 생존해야 하는 게임이었다. 생존은 화가의 실력과 강렬한 작품만으로는 설명되지 않는 복잡한 고차방정식이기도 했다. 누구도 그 게임과 방정식을 푸는 비밀을 쥐고 있지 않았다. Y화랑 대표는 자신이 점찍은 화가는 살아남아 번성한다고 믿는 인물이었다.

강호범 작가의 가장 큰 장점은 개성이었다. 그가 그린 풍경화나 건축물, 인물화 모두 독특한 인상과 화풍으로 유명해 미술 초보자도 한눈에 알아볼 수 있었다. 그는 드물지만 점과 선 그리고 면으로 구성된 추상화도 그렸는데 그 추상화도 이 세상을 향한 불신과 반항이 그득한 인상이었다. 그래서 강호범 작가는 위작을 만들기 어려운 예술가였다. Y화랑은 매니저처럼 강호범 작가의 도록을 매년 발간했다. 작품 양도 일 년에 95점 가량으로 꾸준했다. 그래서 초기 작품을 빼면 강호범의 예술 세계는 낱낱이 공개되어 있었다. 이 점이 미술 경매장에서 강호범 작품 가치가 높은 이유이기도 했다. 탁월한 위조 화가가 승부에 나선다 해도 강호범의 초기 작품 외에는 뚫고 들어갈 틈이 없을 것 같았다.

편집장에게 전화가 왔다. 57번 자화상 새 소식 있어? 없는데요. 경매는 어떻게 될 것 같아? 서울경매회사도 경매 결과를 자신하지 못하는 모양입니다. 그래? 김환기와 천경자 작품은 최고가를 돌파할 분위기야? 김환기는 요즘 오르는 추세니까요. 천경자는 특별한 변동은 없을 것 같습니다. 편집장은 57번 자화상에 얽힌 불길한 소식이 없어 아쉬운 목소리였다. 그는 서로서로 밀어주며 크는 강호범 작가와 Y화랑의 동업을 경멸했으며, 둘의 관계를 예술에 침을 뱉는 불온하고 구역질나는 협잡질로 딱 잘라 규정지었다.

민성태 근현대팀장은 입을 꾹 다물고 자화상을 노려보고 있었다. 소문으로만 돌던 57번 경매 출품작 「자화상」 위조 시비는 경매 시작 열흘 전에 강호범 작가가 반공개적으로 위작이라 말하면서 불이 붙었다. 신문사 미술 기자도 낀 자리에서 그렇게 말했다는 건 신문에 쓰라는 요청과 다름없었다. 며칠 사이에 미술계는 「자화상」이 위작이라는 편과 그럴 리 없다는 편으로 양분되었다. 서울경매회사는 경매 작품과 경매 도록을 공개한 형편이라 경매를 취소하기도 어렵고 그대로 진행하기도 곤란했다. 「자화상」 경매를 취소하는 건 위험했다. 서울경매회사가 쌓아온 명성에 심각한 금이 갈 사건이었다. 그렇다고 경매를 강행하기도 쉽지 않았다. 화가 본인이 위작으로 판단한 작품을 진품으로 판다는 과정 자체가 난감하고 초조한 길이었다. 서울경매회사는 작품을 내놓은 Y화랑이 이 모든 난관을 수습해주기를 바랐으나 Y화랑도 낭떠러지에 서 있기는 마찬가지였다. Y화랑은 강호범의 자화상만을 모은 도록을 작년에 발행했는데 그 83점 안에 이번 작품이 들어 있는지를 명확히 발표하지 못했다. 경매 작품과 거의 같은 자화상이 도록에 있었으나, 그림이란 모델명과 제작년도를 새긴 공산품이 아니어서 딱 그 작품인지 확인하기 쉽지 않았다. Y화랑이 강호범 작가가 그린 모든 자화상을 수집했다고 단정하기도 어려웠다.

　「자화상」 앞에 선 민성태 팀장은 자화상보다 더 의심과 불안에 찬 표정이었다. 「자화상」 왼쪽에는 김환기의 유화 작품 「무상(無常)」이 걸렸다. 35번 경매 그림이었다. 화면을 다섯으로 나눠 학과 달, 구름과 산을 추상으로 생략하고 압축된 모습으로 그렸다. 동양화처럼 소재를 그리고 남은 공간을 여백으로 남겨둬 그림이 편안했다. 단순하게 표현된 학과 달로 김환기는 장수를 축원하는 전통을 담고 싶었을까? 영원이나 장생(長生)

이라는 제목이 붙으면 더 어울릴 작품에 김환기는 영원히 변하지 않는 것은 없다는 불교 사상을 담은 제목을 올렸다. 「자화상」오른편은 천경자의 79번 경매 그림이었다. 여러 마리 뱀이 서로 엉켜 어디가 머리고 어디가 꼬리인지 분간하기 어려운, 약간은 눈길을 돌리고 싶은 작품이었다. 천경자는 젊은 시절 뱀집에서 뱀을 자세히 들여다봤다 한다. 작품 제목은 「자학」이었다. 뱀은 온기를 찾아 엉켜 있을 뿐인데 왜 사람은 그 모습을 자신을 학대하는 장면으로 넘겨짚을까?

김환기와 천경자 두 거장 사이에 낀 「자화상」은 음울했다. 거장의 자리에 올라가기를 원하지만 가능할까 의심하며 우울하게 묻는 얼굴로 느껴졌다. 그림과 그림을 돈으로 가치 매기는 이 모든 짓이 다 헛되다는 지친 얼굴 같기도 했다. 저 강렬한 눈빛은 돈으로 돌아가는 이 세상을 확 뒤집고 싶은 결기로 해석해도 좋았다. 강호범의 자화상은 다양하게 해석돼서 맘에 들었다. 어쩌면 그림 앞에 선 사람이 원하는 바를 그림이 그대로 들려주는지도 몰랐다.

「자화상」을 노려보는 민성태 팀장에게 물었다.

Y화랑이 그림을 강호범에게 언제 받았기에 이런 다툼이 생기는 거지요?

민성태 팀장은 곤혹스런 얼굴로 가만가만 얘기했다.

그게 직접 받은 게 아닌 모양이야.

나도 모르게 목소리가 올라갔다.

그래요?

누군가를 통해서 구했다는데, 그래도 진품이 확실하다는 거야.

그럼 가져온 사람이 누구라고 합니까?

Y화랑이 그걸 자신 있게 못 밝히고 있으니까.

민성태 팀장은 답답한 얼굴로 「자화상」을 가리켰다.

저기 귀를 봐요. 오른 귀가 다른 작품과 달라요. 붉은색과 회색을 섞어 뺨을 몇 번 터치했는데 그것도 안 쓰던 화법이야.

강호범 작가가 한 번도 안 쓴 수법이라는 겁니까?

그래요.

민성태 팀장은 내 귀에 대고 은밀히 속삭였다.

이 비슷한 작품이 두 점 더 돌아다닌다는 소문이야.

민성태 팀장은 속에서 부글부글 끓던 비밀을 털어놓아 속이 시원한 얼굴이었다.

두 점요! 그 소문은 어디서 나왔어요?

감정협회에서. 개인이 가지고 있던 자화상 두 점을 감정 의뢰 했다는데, 감정인들도 의견이 갈린 모양이야. 어쨌든 뺨 터치와 입술 주변의 물감이 다르다는 의견인데, 서명은 완벽해.

나는 생각했다. 강호범의 자화상을 위조하는 전문가가 숨어 있을 수도 있다. 미술계가 자신의 작품을 인정하지 않아 원한을 품은 무명화가의 짓일 수도 있었다. 실력 있지만 여러 사정이 안 맞아 무명인 화가와 작품이 잘 팔리는 유명화가의 경계는 종이 한 장에 불과할 수도 있다. 칠년 전에 이우환의 단색화를 위조한 화가는 이우환과 비슷한 나이로 같은 스승에게 배운 사이였다. 노인은 서울 외곽의 눅눅하고 어두운 지하 단칸방에서 살았다. 여름에는 열기로 싸이고 겨울에는 추위가 덮쳐 들어서기가 두려운 장소였다. 그는 가족도 없이 잡지나 책의 삽화를 그리며 겨우 목숨을 부지했다. 노인은 자신의 실력이 이우환보다 못하지 않음을 증명하고자 과감하게 위작을 만들었다. 이우환조차도 노인의 위작을 진품으로 오인했을 만큼 작품은 경이로웠다. 경찰서에서 만난 위조범은 당당했다. 노인은 경멸을 담은 어조로 서슴없이 이우환 화백을 개라고 불렀다. 내가 개보다 못한 게 뭐 있어. 차이가 있다면 내가 그린 개 단색화는 이백만 원에 넘기고, 개는 이억 원에 넘긴다는 거야. 그림에 들어가는 영혼이 있다면 내 쪽이 훨씬 진할 거야. 노인은 이우환의 서명을 캔버스에 남기며 격심한 분노에 사로잡히곤 했다고 말했다. 혼을 쏟아 부은 작품이 자신의 그림이되, 자신의 그림이 아니었다.

57번 자화상은 일억 육천만 원에서 시작했다. 경매사는 경매 참가자가 부르는 일억 칠천만 원과 일억 팔천만 원을 확인했다. 오백만 원씩 오르는 가격은 순식간에 이억을 넘었다. 경매사는 달콤한 목소리로 금액을 올렸다. 이억 이천은 돼야 기회 있습니다. 지금 고민 중인 것 같은데요.

경매 참가자가 선뜻 패들을 들어 이억 이천이 넘자 일천만 원씩 금액을 올렸다. 이억 삼천만 원 받았습니다. 애호가 여러분의 열망을 확인할 수 있네요. 응찰자 두 사람의 경합이었다. 한 명은 현장에 있는 젊은 여자였다. 그녀는 전화기를 들고 계속 확인을 하면서 따라붙었다. 또 한 사람은 전화로 응찰한 사람이었다. 금액이 삼억 칠천만 원을 넘어서자 현장이 조용해졌다. 강호범 작가의 자화상 시리즈 최고가였다. 계속 올라가던 경매 금액은 사억 이천만 원에서 멈췄다. 경매사는 위작 시비가 붙은 작품을 자신이 지휘해 사억 이천만 원에 팔아 뿌듯한 얼굴이었다. 경매 수수료만 낙찰금액의 십오 퍼센트인 육천 삼백만 원이였다. 그녀는 손을 가로저으며 산뜻한 목소리로 낙찰을 선포했다. 낙찰되었습니다. 경쾌한 방망이 소리가 울렸다.

경매가 끝나고 편집장에게 전화를 걸었다. 편집장은 자화상이 팔린 전말을 듣더니 낙찰자를 찾을 수 있겠느냐고 물었다. 경매회사는 낙찰자 신원을 철저하게 보호했다. 당사자가 스스로 공개하지 않는 이상 낙찰자 찾기는 난망했다. 편집장은 화가가 자신의 작품이 아니라고 공언한 그림을 산 사람이 누군지 궁금한 모양이었다. 좋은 기삿거리이기도 했다. 그건 나도 마찬가지였다.

Y화랑 대표는 내가 찾아가자 반갑게 맞아주었다. 강남의 대로를 낀 빌딩 7층에 있는 대표실에서는 뒤편의 공원이 보였다. 이 년 전에 대표를 인터뷰했을 때 그는 이렇게 말했다. 어떤 기준을 정해 그림을 사는가 물었죠. 나는 대표실에 서서 공원 나

무를 자주 바라봅니다. 어떤 화가의 개인전을 열까 결정하기 전에는 더 오래 쳐다보죠. 화가의 작품이 저 나무의 신록보다 더 가치 있을까 스스로에게 물어봅니다. 잎맥의 환상적인 조화와 어긋나고 마주나는 잎의 균형을 떠올립니다. 연두색으로 환하게 밝은 자연의 힘을 이길 작품이 과연 있을까요? 우리가 몇 천억을 매긴 다빈치의 그림도 완벽한 신록을 넘어설 수 있을까요? 만약 저 나무의 힘에 조금이라도 더 다가갔다고 생각되면 그 화가의 작품을 삽니다. 제 구매 기준은 자연인 셈이죠.

대표실은 여전히 소박했다. 대표가 한때 열심히 구매하고 선전해 값을 올렸던 단색화처럼 사무용 탁자와 의자, 소파와 작은 책상이 있을 뿐이었다. 그는 평소 넓은 벽을 텅 비워놓았는데 그 여백에 어떤 그림을 걸면 가장 가치 있을까 생각하며 시간을 보낸다고 했다. 그림을 사고팔아 강남의 빌딩 두 채를 산 화상다운 발상이었다. 벽에는 내가 아는 그림이 걸려 있었다. 며칠 전 경매에서 사억 이천만 원에 팔린 자화상이었다. 땅값 비싼 빌딩의 넓은 벽에 걸린 자화상은 더 의심 가득한 눈빛이었다. 자화상이 차가운 기운을 흘려 대표실에 한기가 돌게 만드는 것 같았다.

대표는 오프 더 레코드로 말했다. 매일 아침 자화상과 대화를 나눕니다. 자신은 진품이라고 내게 고백하죠. 나는 그 고백을 진실로 받아들입니다. 내가 말했다. 결국 믿음으로 진품이 결정되는 겁니까? 대표는 그건 아니라며 강호범 작가의 무명

시절부터 현재까지 작품과 화풍이 변화한 과정을 뼛속 깊숙이 안다고 자신했다. 저건 누가 뭐래도 강호범 작가 작품이야. 저 불안한 표정과 두툼한 질감을 봐요. 위조 작가가 흉내 낸다고 해서 되는 게 아냐. 저 자화상은 화가의 영혼을 겹겹이 칠해서 내놓은 거란 말이요.

나는 대표에게 물었다.

Y화랑이 내놓은 그림을 비싼 가격에 도로 사들이는 게 Y화랑의 명예를 지키기 위해서였나요?

대표가 말했다.

우린 명예로워. 우리는 그림을 사고팔면서 나날이 더 명예로워지고 있어요. 우리가 키운 강호범 작가의 명예를 지켜주고 싶을 뿐이야.

강호범 작가는 저 그림을 위작으로 지목하지 않았나요?

뭔가 오해가 있는 게 분명해요. 사람은 착각하며 사는 동물이니까.

자화상을 강호범 작가에게 직접 가져오지 않았다면서요?

그림을 구입한 곳은 말할 수 없어요. 믿을 수 있는 사람인 건 분명해요. 무엇보다 그림 자체가 진품임을 말하고 있다니까.

가끔 진품보다 더 뛰어난 위작을 만들어 내는 화가도 있지 않는가요?

누군가 이 그림을 위조한 화가가 있다면 난 그 사람을 발탁해 밀어줄 생각이요. 제2의 강호범 작가라는 평도 필요 없어.

강호범 작가와 같거나 더 높은 작가이니까.

나는 대표에게 말했다.

저 그림을 꼭 걸어 놓는 이유가 있나요?

저 그림이 내게 말을 거니까. 불쾌한 기억을 떠올리게 만드는 가증스러운 물건이야. 대표가 한 말을 정리하면 이런 이야기였다. 뺨과 눈 한쪽이 찌그러져 균형이 맞지 않고 머리에 계산이 가득한 인상을 주는 그림은 대표가 화상으로 살아온 기억을 되살렸다. 대표는 화상으로 성공하면서 유망한 많은 작가를 저버렸다. 미술계는 일등 화가의 일등 작품만이 살아남는 세상으로 변했고, 대표는 장래 미술 시장에 내놓을 가치가 있는 일등 화가 중심으로 화랑을 운용했다. 빌딩 두 채는 그렇게 노력한 결과 얻은 부동산이다. 그는 빌딩 한 곳의 1층과 2층을 화랑과 사무실로 운용하면서 더 많은 부를 향해 달려갈 태세였다. 자화상이 그런 느낌을 불러일으킨다니 놀라웠다. 대표는 이상하게도 위작 시비가 일기 전에는 자화상에서 그런 인상을 받지 못했다.

강호범 작가 화실은 경기도 양평이었다. 화실로 올라가는 길 옆으로 한옥과 눈길을 끄는 개인주택이 들어 서 있었다. 한옥 한 곳은 야외 결혼식장으로 이름을 알려 주말이면 주차장이 가득 찼다.

화실은 언덕에 서 있다. 크기가 다른 베이지색 직사각형을 다섯 개 세워 놓은 형태다. 직사각형은 크기와 높이가 조금씩 다른데, 밋밋한 느낌을 받을 수도 있는 건물이 면적과 위치가 다른 창문 덕분에 생동하는 인상을 주었다. 직사각형 중 유달리 큰 건물은 강호범 작가가 대형 그림을 그릴 때 사용하는 화실이었다. 화실과 주거공간이 분리되어 직사각형 두 곳은 침실로, 한 곳은 응접실 및 사무공간으로, 두 곳은 화실로 사용되었다. 화실에는 그림 재료와 그림을 보관하는 창고가 붙어 있어 작지 않은 크기였다. 화실 구조와 공간을 온도로 표현하면 16도다. 강호범 작가의 말이었다. 조끼를 입고 작업하기에 좋은 온도였다. 강호범 작가는 화실에서 그림에 온 마음을 기울였다. 서울에는 두 달에 한 번 정도 나올 뿐이었다. 그는 서울이란 도시의 온도는 35도라고 말했다. 욕망이 펄펄 끓는 서울에 다녀오면 몸과 마음이 녹아버려 그림 그릴 동력을 잃곤 한다는 말이었다. 화실 초인종을 누르자 관리인이 맞이했다. 관리인은 강호범 작가와 연락하더니 나를 안으로 안내했다. 그는 새벽부터 시작해 오전까지 작업하는 스타일이었다. 일출과 밝은 햇빛이 그림에 알게 모르게 스민다는 말인데 근거는 떨어지지만 납득이 가는 말이기도 했다.

강호범 작가는 응접실 소파에 앉아 생각에 잠겨 있었다. 오전 동안 그림 그리기에 몰두했는지 물감 자국이 옷에 묻어 있었다. 소파에 앉자 관리인이 커피와 과자를 내왔다. 두툼한 창을 통해 따가운 햇빛이 응접실을 가득 채웠다. 강호범 작가는 피곤해 보였다. 한국 미술계 정상에 선 그도 벌써 일흔세 살이었다. 오전 내내 몰두해서 작업하기는 힘이 달릴 것 같았다.

강호범 작가에게 말했다.

조금 지쳐 보입니다.

그는 싱긋 웃으며 말했다.

몸보다 정신이 처질까 봐 걱정이야.

나는 바로 용건을 꺼냈다.

서울경매회사 경매에서 자화상이 사억 이천만 원에 팔렸습니다.

그는 무심히 고개를 끄덕였다.

자화상 그림 중 최고가입니다. 그림이 정말 위작입니까?

강호범 작가는 엉뚱한 이야기를 꺼냈다. 화실에 별관으로 쓰는 욕탕이 있으니 같이 가보지 않겠냐는 것이었다. 욕탕이요? 러시아인이 쓰는 바냐라는 욕탕 비슷하게 만들어 놓았어. 피로를 푸는 데 그만이야. 강호범 작가가 내 손을 끄는 바람에 나는 엉겁결에 따라 일어섰다. 욕탕은 직사각형 건물에서 복도로 연결된 은밀한 곳이었다. 강호범 작가가 자주 욕탕에 가는지, 관리인이 벌써 준비를 해놓았다. 주먹만 한 돌멩이를 데우고 그 돌멩이에 물을 끼얹어 확 쏟아지는 증기로 땀을 빼는, 사우나와 비슷한 곳이었다. 탈의실에서 강호범 화가는 서슴없이 옷을 벗었다. 그는 내게도 옷을 벗도록 권하고 수건 하나를 건넸다. 졸지에 벌거벗은 나는 엉거주춤한 자세로 강호범 화가를 따라 안으로 들어갔다. 실내가 원목인 욕실은 마주 보는 긴 나무 의자가 있어 네 명은 앉을 수 있었다. 그는 예전에 러시아에 갔을 때 그곳 바냐에 반해 건축가에게 특별히 주문을 했다고 말했다. 그는 자작나무 가지를 내게 건네면서 등과 허벅지를 두들기면 좋다고 했다. 이런 사우나가 스웨덴에도 있다고 들었는데요. 맞아. 추운 지방에 많은 사우나야. 긴 겨울을 보내기 좋은 곳이지. 양평도 겨울이 길고 추위도 만만찮아. 자작나무는 어떻게 구했습니까? 어떻게 구하긴, 돈 주고 샀지. 러시아보다 열 배는 비쌀걸. 사우나실 구석에 있는 돌멩이에 물을 끼얹자 증기가 피어 올랐다. 달군 돌멩이에서 나는 열기가 욕실을 데우기 시작했다. 간접으로 열을 올리는 방식이라 갑갑한 느낌 없이 피로가 풀리는 느낌이었다.

나는 편안하게 의자에 기대 물러지는 목소리로 물었다.

자화상을 아직도 위작으로 생각합니까?

왜? 최고가에 팔리면 위작이 진품으로 바뀌나?

입찰자가 자화상 가치를 인정한 게 아니겠습니까?

그럴까? 끝까지 입찰한 한 명은 내 대리인이야.

나도 경매장에서 열심히 호가를 쫓아가는 입찰자 한 명은 강호범 작가가 보낸 대리인이 아닐까 상상했었다.

그랬습니까? 위작을 사서 뭐 하시게요?

태워버려야지. 기자를 다 모아놓고. 사억 이천만 원짜리 캠프파이어를 즐겨보는 거야.

나는 웃으며 말했다. 농담이죠? 그도 웃으며 맞받았다. 허허.

농담 맞아.

강호범 작가는 자작나무 가지를 등에 두드리더니 목소리를 낮췄다.

농담 아닌 진실을 듣고 싶어?

우리 기자들은 진실을 좋아합니다.

그런가. 나는 진실을 좋아하지 않아. 그건 깊은 바닥에 뭘 감췄는지 모를 심연을 닮았거든. 사람들은 진실을 싫어해.

선생님은 그림에서 진실을 추구하지 않았습니까? 자화상 명성은 그렇게 해서……

다시 말하지만 사람은 진실을 마주 보면 화들짝 놀라 도망갈 거야.

어떤 진실을 말하나요?

강호범 작가는 자작나무를 팔과 등에 두들기며 말했다.

이런 거야.

그는 Y화랑에 가난에 시달리는 젊은 화가를 추천했다. 젊은 화가는 33인 연속 얼굴 시리즈를 그렸는데 청년부터 노인까지 시대의 징후를 보이는 얼굴이었다. 모델을 선 청년은 아르바이트를 하거나 취업 준비생으로 골랐다. 청년의 얼굴은 밝지 않은 미래에 벌써 지쳐 보였다. 모델인 노인은 고급 승용차를 타거나 백화점에서 쇼핑을 하는 모습으로 자신이 쥔 부에 걸맞게 오만하게 보였다. 청년부터 중년을 거쳐 노인까지 얼굴을 하나로 세우면 비관에서 오만으로 변화하는 모습이었다. Y화랑은 젊은 화가 지원을 거절했다. Y화랑 자체가 이제는 유망주를 키우는 노력을 포기하고 기존 유명 화가의 작품을 사거나 빌딩 관리로 부를 쌓는 일에 집중하고 있었다. 강호범 작가는 자신도 Y화랑과 똑같은 코스를 걷고 있는 게 아닌지 두려웠다. 그는 작품 제작이 밀려들어 엄선해서 작품을 그렸다. 가장 많이 요청하는 작품은 사과와 석류와 감과 같은, 걸어두면 사업이 번창한다는 과일이 달린 풍경그림이었다.

그는 어느 날 과일 그림을 접어 두고 자화상을 그렸다. 캔버스를 펼치고 물감을 섞으면서 그는 알 수 없는 전율에 놀랐다. 불안하고 두려운 마음으로 그린 자화상은 형태를 잡아 갈수록 의심에 차고 탐욕스러우며 비틀린 모습이 자리 잡기 시작했다. 그는 그림을 그리다 멈춘 그날 밤 새가 습격하는 꿈에 시달렸다. 날개를 활짝 펼친 검은 새는 공중에서 그를 향해 수직으로 내려 꽂혀 그의 팔뚝과 머리카락을 한 점씩 뜯어냈다. 그는 피를 흘리며 도망쳤다. 피 냄새를 맡았는지 검은 새가 여러 마리로 늘어나더니, 먼 하늘이 자신을 향해 날아오는 검은 새로 가득 찼다. 그 옆에 열매가 가득 열린 과일나무가 풍성한 가지를 늘어뜨렸지만 검은 새는 눈길을 주지 않았다. 검은 새는 식인 새로 변했는지 오직 그만을 줄기차게 공격했다. 팔뚝 살을 파먹히고 요골이 드러나자 검은 새가 한 떼로 몰려 하늘에서 내려왔다. 하늘을 까맣게 메운 검은 새가 그의 눈을 파먹을 듯 달려들 때 그는 괴성을 지르며 꿈에서 깨어났다.

그는 다음 날 자화상을 이어서 그렸다. 검은 새에 쫓기는 공포와 고통이 그림의 주조를 채웠다. 자화상의 의심에 찬 눈길을 대하고 그는 저 자화상이 자신의 진면목임을 깨달았다. 그건 자화상이되 자화상이 아니었다. 숨길 수 있었으나 숨길 수 없었다. 불태워버릴 수 있었으나 불태울 수 없는 자신의 모습이었다. 그는 사람을 시켜 자화상을 Y화랑에 보냈다. 그리고 그 작품을 위작으로 발표했다.

진품인데 위작으로 발표했다고요?

그렇다네.

나는 자작나무 가지를 손에 든 채로 아연했다.

그게 작년 자화상이었지. 올해에 자화상을 그리면 얼마나 흉측해졌을까? 어쩌면 마지막 자화상일지도 몰라.

전 흉측하게 보지 않았습니다. 인간의 내면이 잘 드러난 걸작이지요.

그런가. 어쨌든 난 다음 자화상을 그릴 자신을 잃었어.

앞으로 자화상을 그리지 않는다고요!

그래. 그렇다니까.

강호범 작가의 양평 화실에서 나오자마자 바로 편집장에게 달려갔다. 나는 길에서 이 귀한 특종을 어떻게 기사로 쓸지 고민했다. 잡지 표지에 자화상 사진을 넣고 강호범 작가의 그림 세계를 조망하는 특집으로 함께 꾸며도 좋겠다. 편집장은 급한 기사가 있다는 나를 만나자 뜨거운 커피부터 내렸다. 나는 커피를 급히 마시다가 입천장을 데었다. 편집장은 들떠서 빠르게 말하는 내 말허리를 잘랐다. 천천히 차분하게……. 편집장은 내 말을 다 듣더니 물었다. 인터뷰 녹음을 한 게 있어? 인터뷰는 아니었고요. 어쨌든 녹음이 없다는 말이지. 아니 그게, 벗고 사우나하는 곳이었다니까요. 그럼 수첩에 쓴 글이나 사우나 사진이라도. 참, 편집장도. 욕탕에 수첩과 사진기 들고 가는 사람이 어디 있습니까? 늘 자신이 노련하게 일한다고 생각하는 편집장은 말했다. 이 건은 들고 갔어야 했던 것 같은데. 우리가 특집으로 실었다가 강호범 작가가 그런 말한 사실 없다고 부인하면 어떡하려고. 자기가 그린 그림도 위작이라고 언론에 퍼뜨리는 사람 아냐. 위작으로 언론 관심 끌고, 작품 값 올리려는 의도면?

편집장님. 그렇게 의심하기 시작하면 끝도…….

이건 의심해야겠는데. 우리를 미끼로 쓰며 언론 플레이를 걸 수도 있잖아. 일부러 거짓말 할 수도 있고. 사람은 한 말보다 하지 않은 말이 더 무서운 동물이야.

편집장과 나는 강호범 작가를 정식 취재하기로 했다. 다음 날은 일이 바빠 강호범 작가에게 연락을 하지 못했다. 이틀이 지난 날 편집장이 내게 전화했다. 연합통신 속보 봤어? 아뇨. 무슨 일인가요?

강호범 작가가 죽었어.

충격이었다. 나는 멍하니 전화기를 든 채로 서 있었다. 강호범 작가가 한 말은 어쩌면 유언인지도 몰랐다.

그는 새로 시작한 자화상 그림 앞에서 목을 그어 쓰러진 채로 발견됐다. 두 명의 얼굴을 그린 자화상이었다. 위쪽에 그린 강호범 작가 얼굴은 고개를 조금 기울인 채 불안한 표정이었다. 세상을 믿지 못하고 조심스럽게 문을 열어 무서운 사람이 오지 않았는지 바깥을 살피는 어린이의 내면이 깔렸다. 위쪽 자화상의 목과 가슴 윤곽에 연결된 아래쪽 자화상은 얼굴을 비스듬히 돌린 형태로 얼굴과 이목구비의 윤곽만 잡은 상태였다. 목 경동맥에서 튄 피 몇 방울이 그림에 묻어 있었다. 아래쪽 그림은 긴 유랑을 마치고 휴식처에 도착한 얼굴이었다. 눈에는 깊은 사색과 고뇌의 흔적이 담겨 있었다. 눈매는 예전의 의심과 불안을 씻고 장래를 기다리는 밝은 빛이 돌았다. 두 얼굴은 꿈틀대며 날카롭게 내면을 헤쳐 감정을 풀어놓았다. 얼굴의 특징만을 붙잡은 작품인데도 미완성이 아니라 완성작 느낌을 풍겼다. 나는 강호범 작가 기념전에서 마지막 자화상을 보았는데, 붉은 핏방울은 색이 바래서 작가가 깊은 생각 끝에 찍은 점처럼 보였다. 그림의 두 얼굴이 어울려 고독하면서도 편안해 보였다. 마지막 자화상 앞에 서면 단순한 선과 강조점이 깊은 인상을 준다는 데 놀라지 않을 수가 없었다.

강호범 작가의 위작 자화상과 마지막 자화상이 우연히 함께 경매에 올랐다. 위작 자화상에는 작가 자신이 위작으로 주장했다는 경고가 붙었다. 미술 경매사에 드문 일이었다. 두 작품의 낙찰가는 높았지만 거의 비슷했다. 어떤 평론가는 위작 자화상이 설령 강호범 작가가 그리지 않았다 해도 더 뛰어나다고 평했고 어떤 평론가는 마지막 자화상이 단순미에 작가의 마지막 핏방울이 스며든 스토리로 인해 더 뛰어난 가치를 가진다고 말했다. 나는 그런 평들이 오가는 속에 침묵을 지켰다.

강호범 작가는 유서에서 자신의 전 재산을 무명화가를 위한 기금으로 내놓았다. 강호범 작가가 이름을 알리기 시작한 시절 사놓은 오래 전 주식과 부동산은 놀랄 만큼 가격이 올랐다. 미술계는 유산 관리를 위한 위원회를 만들고 재단법인을 설립해 강호범 작가를 기념하는 미술관과 미술상을 제정하기로 결의했다. 강호범 작가가 부동의 화가로 솟구치는 과정을 지켜본 편집장은 오히려 그를 향한 자신의 의심에 신뢰를 부여했다.

편집장의 회의와 의심은 나날이 깊어갔다. 편집장은 위작 자화상 사건과 그의 마지막 자살까지 위대한 미술가라는 전설을 만들기 위한 치밀한 노력으로 여겼다. 나와 바냐에서 자작나무 줄기를 두드리며 나눈 이야기도 처절하게 계산한 행동이라는 말이었다. 편집장은 강호범 작가의 성장과 인기에 늘 비판적이었다.

그의 위작 자화상과 마지막 자화상은 모 기업이 최근에 연 미술관에서 구입해 나란히 전시했다. 미술관은 두 작품을 대표 전시작으로 삼을 작정이었다. 미술관은 부암동 언덕에 있어 아래로 펼쳐진 아기자기한 건물과 공원을 내려다보는 느낌이 시원했다. 흰 대리석에 삼각형으로 세운 미술관은 외관부터 미술 애호가에게 강렬한 인상을 남겼다. 나는 언덕을 느릿하게 걸으며 풍경을 즐기다가 미술관에 들어갔다. 1층 입구에서 한 번 꺾으면 나오는 오른쪽 넓은 벽면을 달랑 두 작품이 차지했다. 벽과 천장과 바닥에서 올라오는 간접 조명이 작품을 밝혔다. Y화랑 대표가 두 작품을 평가한 소개글이 의기양양하게 붙었다. 많은 관람객이 두 작품을 살펴보고는 감상을 중얼거리거나 소곤대며 지나갔다. 편집장은 미술관에 한 번도 오지 않았다. 편집장은 미술관 얘기를 꺼내면 표정이 어두워지며 고개를 저었다.

나는 두 자화상 앞에 설 때마다 강호범 작가와 나눈 대화를 떠올린다. 멍하니 두 작품을 바라보면 작품이 내게 거는 이야기가 들리기도 한다. 어떨 때는 예술과 아름다움의 본질을 묻기도 하고 어떨 때는 돈과 아름다움의 관계를 묻기도 한다. 골치 아픈 일이 있을 때면 미술관에 가서 두 자화상을 살펴본다. 마지막 자화상의 검게 변해버린 핏자국을 오래도록 들여다본다. 그러면 강호범 작가의, 나는 진실이라고 믿으나 편집장은 거짓이라고 의심하는, 위작과 부와 허황된 명예에 관한 그 이야기가 부유하다 가라앉았다.

콜트 45

아버지는 부산 수정동 산복도로 중턱에 산다. 북항 바다를 내려다보는 곳이라 외국 같으면 고급 주택이 들어설 곳이라고 아버지는 자랑하곤 했다. 낮에는 푸른 바다가 보이고 밤에는 해안과 가로등의 조명이 별처럼 반짝이기는 한다. 경치도 좋고 여름엔 바람이 시원하지만, 산중턱으로 올라가는 골목길은 좁고 부실하게 보이는 벽돌집들은 다닥다닥 붙어있다. 여름에 골목길을 따라 가파른 계단을 걸어 산중턱을 오르면 숨이 턱턱 막히고 다리가 휘청거린다. 겨울에 비가 오면 골목은 차갑게 얼어붙어 모래와 재를 뿌려놓지 않으면 걷기도 힘들다. 어머니가 심장병으로 일찍 돌아가신 까닭도 골목길 탓이 클 것이다. 혹시 쓰나미가 닥치거나 40일 연달아 폭우가 쏟아지기라도 한다면 생존하기에는 유리한 곳이다. 할아버지가 한국전쟁의 아수라장에서 살아남은 것처럼 말이다. 집은 좁은 방 두 칸에 부엌,

그리고 문 옆의 자그마한 화장실이 전부다. 그나마 아버지가 옆집의 자투리땅을 사서 큰 방을 조금 넓힌 덕분에 겨우 지낼 만했다. 도시재생 이야기가 나오면 전문가가 꼭 후보지로 들먹이는 이곳이 뭐가 좋은지, 아버지는 떠날 생각을 하지 않는다. 술을 한잔 들면 아버지는 할아버지가 부산 피란 시절부터 살았던, 가족의 끈끈한 역사가 묻어 있는 집이라는 오래된 이야기를 지치지도 않고 되풀이한다. 할아버지가 이 집을 처음 살 때는 부산에선 이만큼 근사한 곳이 없었고, 해운대나 광안리는 고기잡이를 하는 갯마을이었으며 동래와 금정은 논이 대부분이었다는 얘기도 빠지지 않는다.

나는 문현동 원룸에 산다. 군대를 제대하고 스물넷에 결혼하면서 수정동 집을 박차고 나와 얻은 방이다. 산중턱 집과 사는 궤도가 비슷하다고 말할 수 있지만 난 다르다고 확신한다. 나는 공고를 졸업하고 자동차 정비사로 일한다. 쓸데없이 대학 다니면서 돈 낭비할 생각이란 없었다. 외제 자동차가 많아지거나 사람들이 일제히 전기 자동차로 갈아타더라도 자동차 정비 일은 없어지지 않을 직종이다. 동갑내기 아내는 일본어에 능하고 붙임성이 좋아 면세점에서 일한다.

나와 아내 지연의 첫 번째 목표는 돈을 빨리 모아 작은 아파트로 이사를 가는 것이다. 아이는 낳을 수도 아닐 수도 있다. 일단 첫 번째 목표를 이루는 게 중요하다. 그런데 결혼생활이란 묘해서 연애할 때와 무척 다르다.

지연과 사귈 때 새벽 한 시 고속도로 휴게소에 주차한 차 안에서 그녀 손을 처음 잡았다. 조명을 드문드문 켠 주차장은 차 몇 대만이 서 있어 거의 텅 비어 있었고 휴게소 건물만 환해 꼭 검푸른 바다에서 떠오르는 비행접시처럼 보였다. 내가 지연의 손등에 손을 올려 감싸자 그녀는 이제야 손을 잡아, 하는 못마땅한 표정을 지었다. 나는 한 손으로 지연의 손을 잡고 다른 손을 지연의 어깨에 얹어 머리칼을 쓰다듬었다. 지연은 몸을 살짝 기울여 내가 어깨를 편히 잡을 수 있도록 자세를 고쳐주었다. 나는 뭔가 설명할 수 없는 감정과 느낌으로 그녀와 연결되었다. 내 가슴에서 솟아난 빛으로 주차장이 갑자기 환하게 밝아졌다. 나는 지연을 꼭 껴안았다. 두 개의 자석이 떼 내기 어려울 정도로 찰싹 달라붙은 것처럼 둘의 영혼이 이음새 없이 하나가 된 것만 같았다. 생각하면 연애 시절엔 별로 싸운 것 같지도 않다. 지연이 말하는 건 웬만하면 내가 다 들어주었다. 결혼을 한 후에 아내는 연애를 할 땐 자신이 웬만하면 참았다고 말해 나를 깜짝 놀라게 했다. 어떻게 그렇게 생각할 수 있을까?

　　결혼한 지 몇 달이 지나자 자주 싸우게 되었다. 뭐 사소한 생활 습관이나 의견이 달라서 그렇다. 아내는 싱크대의 음식 찌꺼기를 빨리 비워야 하고 빨랫감이 생기면 손빨래를 해서라도 바로 처리해버리는 스타일이다. 나는 옷이나 양말은 상하는 물건이 아니니 형편에 따라 보름을 재놓아도 괜찮다고 생각하며 가끔 그걸 무의식적으로 실천하고 있다. 하여튼 백화점은 같이

가면 안 된다. 아내의 끈질긴 상품 구경도 괴롭지만 무엇보다도 물건을 사면서 다투기 쉽다. 백화점에 들러 이것저것 구경하다가 커피잔 세트에 아내의 눈이 꽂혔다. 컵은 옅은 푸른색 띠를 아래에 둘렀고 그 위에 갈색 띠가 좁게, 그리고 진하고 푸른 좁은 띠가 둘러져 있었다. 잔과 접시의 바탕은 연한 베이지색이었다. 잔 받침에도 잔처럼 가늘고 연한 푸른색과 두껍고 진한 푸른색, 갈색 띠가 적절한 간격을 두고 둘려 있었다. 디저트용으로 보이는 접시 두 개가 세트로 묶여 있었다. 아름답고 차분한 디자인에 매력이 넘치는 핀란드산 물건이었고 점원은 한정 세트라며 은근히 마음을 부추겼다. 저녁에 커피를 내려 잔에 담고 접시에 치즈케이크를 올리고 조명을 낮추면 생활에 여유를 줄 물건이었다. 신혼생활의 즐거움에 판타지를 얹어줄 커피잔 세트는 가격이 놀라웠다. 아내는 커피잔 세트가 제공하는 이미지와 용도에 충분한 가격이라고 생각했지만 내 마음은 전혀 달랐다. 커피잔 세트는 원룸용 물건이 아니라 백일몽에 젖도록 하는 유해한 물품이었다. 그런 비싼 물건은 원룸에 어울리지 않았다. 커피잔을 든 아내는 지갑을 가져오지 않았다며 내게 카드로 결제해 달라고 요청했다. 난 처음 두 번은 아내의 감정이 상하지 않도록 부드럽게 거절했고 세 번째는 딱 잘라서 말했다. 저건 우리 집에 맞지 않아. 아내는 눈살을 찌푸리며 말했다. 우리 집에 맞지 않다는 게 무슨 말이야. 원룸에 둘 물건으론 가성비가 최악이야. 10년 후에 우리 집을 마련하면 어울리겠지.

아내가 말했다. 난 10년 후가 아니라 지금 저 잔으로 마시고 싶어. 아내는 내가 거절하면 내일 당장 백화점으로 와서 자신의 카드로 결제할 기세였다. 그건 우리 둘의 약속과 다른 것 같은데. 우리는 집을 마련할 때까지 최대한 검소하게 절약하며 살기로 약속했다. 나는 그 약속을 지키려 노력했다. 동창들에게 짠돌이란 소리를 들으면서까지 술값을 아꼈고 결혼 이전에 입던 옷을 그대로 입었다.

그날 집으로 돌아와서까지 커피잔 세트를 둘러싼 다툼은 이어졌고 점점 신혼생활의 속살을 안에서부터 태우며 그을음을 내뿜기 시작했다. 아내는 내가 반대할수록 핀란드산 커피잔이 신혼의 판타지를 장식하고 예쁜 가정을 만들 유일한 물건인 것처럼 여겼다. 나는 핀란드 커피잔 가격은 엔진오일과 타이밍벨트와 타이어 두 짝을 갈고도 남는 돈이라고 생각했다. 핀란드 커피잔과 자동차 수리비를 비교해서 말한 탓에, 싸움은 비천한 육체와 고결한 영혼을 대비하는 형식으로 넘어갔고 나는 기름때에 젖은 인간으로 전락하고 있었다. 내가 백화점에서 거칠게 반응했기 때문에 커피잔 구매는 부드럽게 말하고 다정하게 행동하지 못한 남편이 내줘야 할 고지로 변해갔다. 그렇지 않아도 결혼생활에서 서로가 뺏고 탈환해야 하는 고지는 계속 늘어나고 있는 중이었다. 아내는 내가 치약을 중간에서부터 짜고 양말을 벗어 소파 옆에 던져놓는 습관을 고치려고 꾸준히 공격 중이었다. 원룸이라서 문을 열면 바로 신발을 벗고 안으로 들어오는 좁은 공간밖에 없는데 아내는 내가 먼지가 쌓일 수밖에 없는 그곳에 맨발로 나가는 것을 무척 못 견뎌했다. 배달을 받으려 슬리퍼를 신지 않고 나가서 바로 문을 열면 꼭 내게 짜증 섞인 잔소리가 날아들었다. 커피잔 세트는 그동안 쌓인 공격과 방어가 집결한 승부처로 변했고 나는 말싸움에 밀리면서 너무 화가 나 아내 머리를 쥐어박았다. 아내는 머리카락을 한 번 쓸어 넘기고 나를 노려보았다. 아내도 성깔이 보통이 아니라 목소리를 한 톤 올리고 내게 달려들어 싸웠다. 난 아내 어깨를 한 대 더 때리고 말았다. 그렇다. 쥐어박은 것과 때린 건 다르다. 아내는 뒤로 밀리면서 어깨를 움켜쥐었다. 원룸은 갑자기 조용해졌다. 분노로 얼굴이 일그러진 아내는 식탁 의자에 앉아 아무 말을 하지 않고 바닥을 내려다봤다. 나는 침대에 앉아 싱크대를 바라봤다.

아내는 벌떡 일어나 싱크대 찬장 문을 열고 쓰던 커피잔과 잔받침을 꺼냈다. 흰색 바탕에 활짝 핀 붉은 꽃이 촌스럽게 그려진 잔이다. 결혼하면서 내가 가져왔는지, 아내가 가져왔는지 기억이 나지 않지만 우리가 동네 앞 가게에서 산 원두커피를 내려 마시는 잔이었다. 볼품은 없지만 커피를 마시는 기능에 충실했고 온기를 오래 보존했다. 나는 핀란드산 커피잔이 커피맛을 두 배로 뛰어나게 만들고 칙칙한 원룸을 화사하게 바꾸지 않는다고 봤지만, 아내는 커피잔이 그런 마법을 충분히 부린다고 주장했다. 아내는 마법과는 거리가 먼 흰 잔을 손에 잡고 팔을 내밀어 툭 떨어뜨렸다. 흰 커피잔은 스스로도 깜짝 놀랐다는 듯이 큰 소리와 함께 몇 개의 큰 조각과 그보다 작은 여러 개의 작은 조각으로 부서졌다. 아내는 식탁 의자에 다시 앉아 커피잔 조각을 물끄러미 바라봤다. 원룸은 깨어지지 않을 침묵에 싸여 있었다. 멀리서 자동차 경적 소리가 희미하게 들려왔고 그 소리를 시작으로 옆 원룸의 문이 열리고 냉장고를 열고 닫고 캔맥주를 따서 마시는 소리가 생생하게 들렸다. 옆방의 소리가 너무 또렷하게 들려 나는 환청이 아닌가 생각했다. 연이어 젊은 남녀가 이야기하는 소리가 들렸다. 가벼운 웃음과 선정적인 상상을 불러일으키는 부스럭대는 소리가 허락을 받지 않고 슬쩍 우리 방으로 건너왔다. 나도 결혼하기 전에 아내와 원룸에서 맥주를 마시며 이야기를 나누곤 했다. 맥주를 가장 싸게 마시는 방법이었고 어느 누구의 시선을 의식하지 않고 서로의 몸을 탐닉할 수 있는 시간이기도 했다.

이렇게 입을 닫고 지내는 데 나는 익숙하지 않았다. 아내는 가끔 혼자 침묵에 오래 빠져 지낸다고 했다. 여행객이 통과하는 면세점은 작은 소리부터 큰 소리까지 온갖 소음으로 차 있고 결코 조용해지지 않는 공간이라는 것이다. 면세점이 완벽한 침묵에 빠져드는 시간이 있다면 그건 망하는 순간일 것이다. 온갖 소리가 거치고 간 대뇌를 조용하게 놔두면 머리가 자연스럽게 쉬고 산들바람을 맞으며 걷는 들처럼 몸에 활력이 돈다는 말이었다. 아내는 싸움에 지친 마음과 몸을 완벽하게 쉬게 하려는 것처럼 빈틈없는 침묵에 잠겨 있었다. 나는 더 이상 침묵을 견딜 수 없었다. 머리가 터질 것 같았고 소리 없는 번개가 내리꽂히는 들판에서 홀로 폭우를 피해 뛰어다니는 심정이었다. 휴대폰에서 유튜브를 켜 제이플라의 커버 음악을 틀었다. 첫 곡은 에드 시런의 'Shape of You'였고 다음 곡은 찰리 푸스의 'We Don't Talk Anymore'이었다. 팝송을 즐겨 듣는 건 아니다. 생활하면서 그냥 배경으로 깔아놓으면 편한 정도다. 내가 다니는 자동차 정비회사의 여직원이 제이플라의 팬이라 하루에 꼭 1시간은 그녀의 곡을 틀어준다. 머리를 묶고 옆모습을 보이며 노래하는 제이플라 모습은 유튜브 화면에서 무한히 반복 재생된다. 제이플라의 노래는 내가 기분이 좋을 때 들으면 아름답고 귀에 착 감기지만 며칠 전에 온 남자가 시비를 걸 때처럼 상황이 안 좋을 때 들으면 무척 짜증스럽다. 하필 비가 오는 날에 선루프를 열었다가 닫히지 않아 정비회사로 온 남자는 많이 화가 나 있었다. 선루프 작동을 해보니 드르륵 소리는 나지만 작동이 되지 않았다. 이런 경우 선루프를 여닫는 모터나 와이어가 고장 났을 가능성이 높았다. 지붕에서 선루프를 떼 내고 부품을 가져와야 해서 수리하는 시간이 제법 걸린다. 남자에게 오후에 들르라고 하자 짜증을 내더니 서비스가 이렇게 늦을 수가 있냐면서 급기야 화를 냈다. 나도 직장인이라 손님이 터무니없이 굴어도 세 번까지는 참는다. 나는 잠자코 참았다가 손님에게 말했다. 손님. 선루프를 고장 낸 건 내가 아니고, 나는 고쳐서 작동되게 하려는 사람입니다. 왜 제게 화를 냅니까? 남자가 갑자기 여기 점장 어딨어? 라며 고래고래 고함을 질렀다. 팀장이 나를 사무실로 보내고 남자에게 양해를 구했다. 사무실로 가면서 듣는 제이플라의 노래는 망친 기분을 더욱 더럽게 했다. 내가 처한 억울한 상황과는 달리 제이플라는 천연덕스럽게 사랑과 기쁨을 노래하고 있었다.

흰 커피잔을 깨뜨리고 원룸의 식탁 의자에 앉은 아내는 제이플라의 달콤한 노래가 들리지 않는지 멍하게 앉아 있었다. 그러다 첫 곡이 끝나고 두 번째 곡이 흘러 나오자 천천히 내게로 눈을 돌리고 깨진 잔을 내려다봤다. 아내는 급히 해내야 할 잊어버린 일이 생각났다는 것처럼 벌떡 일어나 현관을 맨발로 나가 신발을 신었다. 내가 당신도 맨발로 잘 나가네, 라는 지적을 할까 하는 사이에 문이 열리고 꽝 닫혔다.

아내는 이틀째 들어오지 않고 전화도 받지 않았다. 면세점에 전화를 걸어 알아보니 출근은 했다. 나도 속이 넓은 편은 아니지만 아내도 속이 좁다. 내가 화를 내다 한 대 때린 건 잘못이다. 큰 잘못이라고 말할 수 있다. 하지만 확전에 확전을 벌인 건 아내였다. 커피잔 세트 하나로 그렇게 거세게 몰아붙이면 감당할 남편이 얼마나 되겠냐 말이다. 아내가 사랑스럽게, 곰살맞게, 애교도 섞어서 살짝 끌어당기면서 말했다면 일이 이렇게 악화되지는 않았을 것이다. 자동차 사고로 말하자면 이건 중앙선 침범과는 다른, 쌍방과실로 보는 접촉 사건인 셈이다. 어쨌든 아내가 이틀이나 들어오지 않으니까 걱정은 된다. 그렇다고 내가 먼저 머리를 숙이기도 곤란하다. 이건 서로가 잘못한 것이고, 정의의 저울에 나와 아내를 올려 달아봐도 한쪽으로 급격하게 기울어지진 않으리라 믿었다.

그런 생각을 하면서 원룸에서 맥주를 마시고 있을 때에 아버지에게서 전화가 왔다. 수정동 산동네 집에 오라고 한다. 아버지, 무슨 일인데요? 올라와서 얘기하자. 아버지가 나를 수정동 집으로 부르는 일은 드물다. 내가 그 집을 과거의 멍에쯤으로 본다는 걸 아버지는 안다. 평소에 아버지는 산동네에서 내려와 평평한 곳에 있는 식당이나 카페에서 나를 만났다. 어처구니없게 아내가 아버지에게 당신 아들과 못 살겠다고 큰 소리를 땅땅 친 모양이다. 이걸 참아야 하나. 어쨌든 우리 둘이서 해결해야 할 문제를 시댁이나 처가로 옮기는 건 질색이다.

빙글빙글 돌아가는 버스를 타지 않고 산복도로를 아래서부터 걸어 올라갔다. 계단과 경사가 급한 길을 따라 직선 코스로 오르면 아버지 집까지 오래 걸리지 않는다. 골목길은 내가 떠날 때와 달라지지 않았다. 여기 골목은 좀처럼 모습이 변하지 않고 드문드문 있는 가게도 오래 버틴다. 할머니가 지팡이를 짚고 난간을 잡으며 골목을 내려와 나는 옆으로 몸을 비켰다. 옛날 산동네를 사랑했던 할아버지도 이 골목을 저렇게 다녔을 것만 같다. 세탁소로 올라가는 계단은 금이 가고 부서져 시멘트로 대충 때워놓았다. 세탁소가 영업하는 골목은 벽을 주황색으로 칠해 환하다. 주황색 벽 중앙에 달린 전등갓을 쓴 전구가 변함없이 나를 반긴다. 알루미늄 전등갓이 작아 비가 오면 전등이 나갈 것 같은데 용케 잘 버티고 있다. 골목을 따라 오르다 멈춰서 뒤를 돌아보았다. 북항을 가로질러 부산항대교의 경관을 밝힌 불빛이 아스라했다. 내 발 아래로 많은 주택에서 불빛이 따스하게 번져 나왔다. 저 집들에서 오순도순하게 행복을 나누는 집은 얼마나 될지. 왜 그렇게 나는 이 산동네를 벗어나고 싶었을까? 결혼을 일찍 해서 원룸으로 옮겨간 것도 여기를 빨리 빠져나가고 싶어서였다. 아내도 아마 어딘가를 벗어나고 싶어 이른 나이에 나와 결혼했는지도 모른다. 하지만 굴레로 생각하던 곳을 벗어나 도착한 곳이 또 다른 굴레였는지도 모를 일이다.

사람은 자라나고 오래 머문 곳에 정이 붙는다고 한다. 난 수정동 산동네에서 멀어지고 싶었다. 살기에 불편하기도 하지만 한국전쟁이 끝난 후에 할아버지가 마련한 집이라서 전쟁의 상처와 고통이 배여 있었고 낮은 지붕에도 역사의 짐이 올라 있는 것 같았다. 산동네의 가난보다도 그런 보이지 않는 시간의 압력과 사라지지 않는 과거의 힘이 싫었다고 해야 할까. 그건 곧 할아버지와 아버지가 주는 무게가 버거웠다는 뜻일 수도 있다. 두 분은 전쟁의 유산인, 생존을 위한 치열한 아귀다툼에서 살아왔다. 나는 다르다. 이미 70년 가까이 지난 과거와 얽힌 뭔가가 내 인생에 무슨 도움이 된단 말인가.

집과 가까운 길에서 자주 다니던 슈퍼 아주머니를 만났다. 내가 고등학생일 때 은근히 내게 술을 팔곤 했다. 여전히 통통하고 넉살 좋은 아주머니는 결혼했다더니 얼굴 좋다며 너스레를 떨었다. 각시 얼굴 보고 싶다. 둘이 같이 슈퍼 들러 봐. 네, 알겠습니다. 아버지 보러 온 모양이네. 예. 안부도 살필 겸 해서요. 그래야지. 너희 아버지같이 순하고 좋은 분이 어디 있겠어. 그 양반 화내는 걸 한 번도 본 적 없다. 돈은 좀 없지만 여기 산동네에서 인성은 최고다. 슈퍼 아주머니는 은근히 아버지에게 마음을 두고 이런저런 시도를 하곤 했다. 한여름에 수박을 통으로 가져다주거나 시골에서 약을 치지 않고 키웠다며 산딸기와 양배추를 전하기도 했다. 둘 사이는 별일 없는 것으로 알고 있지만 어쩌면 내가 아는 것보다 깊을지도 모른다.

아버지가 평소 침착하고 묵직하기는 하다. 할아버지도 그랬다고 했다. 할아버지의 침착함에 관련해서 산동네에 전해오는 얘기가 있다. 동네의 목수 권 씨가 술에 취해 난동을 부렸다. 그는 집에서 사냥용 공기총을 꺼내 와 사이가 좋지 않던 가게 부부를 끌어내 겨눴다. 부부는 꼼짝 못하고 가게 앞에 무릎을 꿇고 앉아 고개를 숙이고 있었다. 동네 주민은 멀리서 저걸 어째 하며 우왕좌왕 지켜만 볼 뿐이었다. 권 씨는 허공을 향해 사냥총을 탕 쏘고 다시 가게 부부를 향해 총구를 돌렸다. 꼭 무슨 일이 터질 것만 같았다고 했다. 할아버지는 살금살금 권 씨가 선 집 뒤로 가서 올가미를 던졌다. 권 씨의 몸에 올가미가 걸리자 할아버지는 줄을 휙휙 잡아당겼고 권 씨는 균형을 잃고 넘어지면서 총을 놓쳐버렸다. 전장에서 단련된 할아버지의 담력과 임기응변은 대단했다. 할아버지는 전장에서 살아남은 기술을 그렇게 이웃에게 선보였다. 더 놀라운 건 주민과 가게 부부가 권 씨를 경찰에 넘기지 않고 한바탕 벌어진 소동으로 마무리했다는 사실이다. 그때의 동네 질서는 어수룩해 보이면서도 나름 융통성 있게 굴러간 모양이었다.

나는 아버지가 화를 내는 걸 본 적이 없다. 어렸을 때 어머니에게 들은 말로는 아버지가 젊었을 때는 한 성질 하고 동네에서 싸움도 많이 했다는데 어느 날부터인가 조용해졌다고 한다. 사람이 갑자기 변하면 좋지 않은 일이 일어난다고 하는데, 라는 말까지 돌았다고 한다. 몇 년 전인가, 아버지가 운전하는 덜덜대는 낡은 차를 타고 가다 교차로에서 놀랄 정도로 빠르게 좌회전해 들어오는 볼보 승용차와 충돌할 뻔한 적이 있었다. 아버지는 교차로에서 신호가 바뀌면 천천히 출발하는 스타일이다. 파란불을 받아 천천히 들어가는 우리 차 앞을 볼보 승용차가 획 지나면서 급브레이크를 밟았는지 끼이익 소리와 함께 차가 빙글 반 바퀴 돌면서 도로에 섰다. 신호가 노란불에서 빨간불로 막 바뀌는 시간에 진입한 것 같은데 속도가 엄청 빨라 꼼짝없이 충돌하는가 싶어 나는 눈을 질끈 감았다. 우리 차와 볼보 승용차가 급브레이크를 동시에 밟은 것 같기도 했는데 우리 차 역시 왼쪽으로 급좌회전을 하면서 차를 세웠다. 충돌

했다면 백 퍼센트 볼보 승용차의 잘못이었다. 우리 차와 볼보 승용차의 간격은 3센티미터에 불과했을 것이다. 아버지는 차를 세우고 볼보 승용차로 가서 차창을 내린 운전자와 잠시 이야기를 나눴다. 내가 느낀 감정은 처음엔 공포였고 다음은 분노였다. 저따위로 운전을 하다니! 분노에 찬 나와 달리 아버지는 운전자와 평화롭게 이야기를 나누면서 미소까지 띠고 있었다. 아버지는 태연하게 이야기를 마치고 한바탕 웃더니 차로 돌아왔다. 밝은 표정의 아버지는 아무 말 없이 출발했다. 나는 도중에 궁금해 아버지에게 물어봤다. 뭐라고 하던가요? 아버지는 볼보 승용차를 벌써 잊어버린 모양이었다. 누구 말이야? 아, 그 젊은 친구, 아주 열정적이던데. 나는 뭐가 열정이라는 건지 당최 알 수가 없었다. 신호를 위반하다 큰 사고를 낼 뻔했던 게 열정적이란 말인지, 아니면 무슨 얼토당토않은 딴 이야기를 했는지 모를 말이었다. 오늘 날씨가 괜찮다거나, 며칠째 미세먼지가 없어서 다닐 만하다는 이야기를 나눴는지도 모르겠다. 나는 한 번씩 욱하며 화를 내는 편이다. 군대에서 전방 철책 근무를 서면서 초소에 있던 병장에게 총을 들이댄 적도 있었다. 별것도 아닌 이유로 나를 갈구던 고참이었는데 내가 야, 새끼야, 너 단번에 보내버리겠어 하며 총을 가슴에 들이대자 새파랗게 얼굴이 질렸다. 고참은 양 손을 바짝 들고 천천히, 천천히 말로 하자 하며 금방 울음을 터뜨릴 듯한 표정을 지었다. 그때는 전방에서 병사가 총기사고를 자주 내던 시절이었다. 고등학교 2학

년 같은 반 급우와 죽도록 치고받는 싸움을 한 일도 있었다. 싸움은 내가 먼저 화를 내면서 일어났다. 다행히 학교에서 쌍방 폭행으로 정리해주는 덕에 큰 처분을 면했다. 아버지는 그 사건이 벌어졌을 때 화가 솟으면 심호흡을 세 번 해서 마음을 진정시키고 얼굴을 거울에 비춰보라고 말했다. 긴장한 수십 개의 안면 근육이 일그러지고 떨리며 사람을 위협하는 꼴이, 하이에나가 쓰러진 얼룩말 내장을 먼저 뜯으려고 싸우는 추한 모습과 닮았다고 했다. 그러나 아무리 해도 순간적으로 치밀어 오르는 화를 참는 건 쉽지 않았다.

보름이 이틀 지났지만 달은 여전히 훤하게 떠 있다. 불빛이 바다와 산복도로와 산동네를 밝히고 있어 달은 옛날의 밝은 빛을 보내는 역할을 제대로 하지 못하고 있다. 자정이 넘어 불이 거의 꺼지면 달은 차별 없이 산동네를 밝히며 자신의 힘을 나눠줬다. 나는 자정 즈음에 달과 아랫동네를 내려다보며 술을 한잔 하는 걸 좋아했다. 밝은 달이 산동네를 떠나고 싶은 내 마음을 줄여주지는 못했다. 어떨 때는 달이 처연해 보이기도 했고, 산 중턱 코딱지 집에 매여 사는 내가 한심하기도 했다. 달이 아름답게 보일수록 산동네를 떠나고 싶은 마음 또한 간절해졌다.

산동네 집에 사는 아버지는 여전했다. 작은 방에 앉아 맥주와 안주를 놓고 내게 아들, 하며 술을 한 잔 따라주었다. 나는 아내와 있었던 일을 솔직하게 전했다. 내가 잘했다는 건 아니지만 단지 그때 무척 화가 났다는 말이었다. 핀란드 커피잔 세트에 그렇게 집착하는 아내가 마음에 들지 않았고 커피 따위 어떤 잔에 마셔도 상관없지 않느냐고 말했다. 커피잔이 아무리 좋아도 커피를 불로장생의 영약으로 바꿔놓지는 못한다. 커피잔 세트는 결혼생활에 덧씌우고픈 일종의 판타지에 불과했다. 아버지는 내 이야기를 주의깊게 들으면서 나름 심각하게 고개를 끄덕였다. 내 얘기를 한참 듣던 아버지는 탁자에 나무상자를 하나 올려놓았다. 나는 뭔가 하고 나무상자를 마주보았다. 아버지는 근엄한 표정으로 나무상자에 달린 자물쇠를 열고 그 안에 든 물건을 탁자에 꺼내 놓았다. 아버지는 꺼낸 물건을 손에 쥐더니 내 이마에 겨눴다. 그것은 권총이었다. 내 이마에 닿은 총구의 금속 기운이 싸늘했다. 나는 놀랍고 어리둥절해 하얗게 질렸다가 겨우 정신을 차렸다. 아내를 한 대 때렸다고 권총으로 날 쏘려는 건가. 그럴 리는 없다는 걸 알면서도 나는 심장이 그곳에 있다는 걸 단번에 깨달을 정도로 쿵쿵 뛰는 소리를 들을 수 있었다.

아버지는 총을 겨눈 채로 나를 물끄러미 바라봤다. 입술을 꾹 다물고 차가운 눈빛에 어둠을 가득 실은 얼굴이었다. 깊은 지하실에서 총의 싸늘한 기운을 빨아 몸에 재워 살면서 모종의 신호를 기다리는 표정이었다. 아버지는 총을 거두고 세 번 심호흡을 했다. 그리고는 권총 손잡이에 손을 얹고 차분히 총에 얽힌 이야기를 하기 시작했다. 나는 놀란 마음이 진정되지 않아

처음에는 앞부분 이야기가 잘 들리지 않았다. 아버지의 목소리는 낮고 묵직했다.

　아버지(내게는 할아버지다)가 내게 총을 물려줬다. 콜트 45로 미군 권총이다. 아버지는 분노가 솟구치면 이 총을 떠올리거나 손으로 만지며 마음을 안정시켰다고 한다. 아버지는 선교사에게 영어를 조금 배웠다. 어법도 안 맞고 단어도 많이 알지 못했지만 한국 전쟁 중에는 그런 실력을 갖춘 사람도 드물어 아버지는 24사단 38연대 제2대대에서 미군 통역병으로 복무했다. 미군이 인천상륙작전에 성공해서 1950년 9월 중순부터 낙동강 전선에 있던 미군과 국군부대도 북쪽으로 진군하기 시작했다. 아버지는 왜관과 김천, 대전을 잇는 공격선을 잡은 미군을 따라 대구 방면에서 경북 지역을 지났다. 9월 하순이 되자 전선은 함창과 충주 공격 축선으로 옮겨갔다. 그때 아버지 나이는 지금 네 나이와 같은 스물넷이었다. 인민군은 남진한 속도만큼이나 급격하게 무너지고 있었다. 아버지는 미군을 따라 북진하면서 가공할 미국 공군의 위력을 목격했다. 일본 규슈의 이타쓰케 기지에서 출격한 폭격기와 전투기 편대는 네이팜탄과 로켓탄을 인민군의 거점지역에 쏟아부었다. 개활지에서 도주하는 인민군에게는 기총 소사를 퍼부었다. 네이팜탄은 떨어지는 곳을 모두 불태웠다. 네이팜탄을 맞은 인민군은 시커먼 숯과 불탄 고목처럼 변해 땅에 버려졌다. 곳곳에 사체에서 툭 튀어나온 괴상하게 구부러진 팔과 다리가 널렸다. 아버지는 사람의 뼈다귀를 뺀 나머지 몸뚱이가 무척 타기 쉬운 물질임을 깨달았다. 네이팜탄을 맞아 시체가 타는 냄새는 풀과 나무가 타는 냄새와 뒤섞여 역겨우면서 형언하기 어려운 공기를 사방에 뿌렸다.

사건이 터진 곳은 경북 상주와 충남 보은의 중간쯤 되는 지역의 마을 옆이었다. 미군 2대대는 일주일째 계속된 북진 공격으로 지칠 대로 지친 상태였다. 아버지도 잠을 제대로 자지 못해 걸으면서 졸거나 사물의 초점이 맞지 않고 흐릿하게 보일 정도였다. 몸이 허공에 둥둥 떠다니는 것 같았고 온몸은 오로지 잠만 원했다. 휴식 명령이 떨어졌다. 주위를 정찰한 후에 인민군이 없는 것을 확인하고 경계병을 세운 뒤 나무에 기대 휴식을 취했다. 모두들 정신없이 잠에 빠져들어 갔는데 마을 뒤 언덕에서 총소리가 울렸다. 나무 옆에 앉아 쉬고 있던 미군 중위 고든을 노린 총알이었다. 고든 중위가 납작 엎드리자 다시 총소리가 울렸다. 이번에도 총알은 고든 중위를 맞추지 못했다. 그 대신에 중위 옆에 있던 미군 상사 메이슨의 가슴을 관통했다. 의무병이 달려와 긴급 처치를 했지만 소용이 없었다. 즉사였다. 미군은 즉시 언덕을 포위해서 수색에 들어갔다. 총격전이 벌어질 줄 알았지만 의외로 사건은 빨리 매듭지어졌다. 언덕에 숨어 있던 소년병이 생포되었다. 소년병은 시모노프 소총의 총알이 떨어져 더 이상 싸울 수가 없었다. 배낭을 맨 소년병은 낙오병으로, 해진 군복과 신발에 며칠을 굶은 행색이었다. 배낭에는 옥수수 두 개가 달랑 들어 있었다. 나이는 고작 열다섯이 나 되었을까. 어쩌면 부모나 형제가 죽는 바람에 전쟁에 뛰어들 었는지도 몰랐다. 키도 작고 몸도 작았다. 그러나 싸늘하고 무 표정한 눈빛은 소년의 눈이 아니었다. 텅 빈, 죽고 죽이는 전쟁 속에서 모든 감정과 욕망을 다 날려버린 허무와 공허의 눈빛이 었다. 이 세상이 아니라 이미 저승에 살고 있는 것 같았다. 고든 중위는 풀밭에 눕힌 메이슨 상사의 시신 옆에 무릎을 꿇었다. 2 차 대전에서 생사를 함께한 전우였다. 1945년 3월 고든 중위와 메이슨 상사는 일본군을 상대로 이오섬 전투를 함께 치렀다. 그때 고든 중위는 소위였고 메이슨 상사는 중사였다. 일본군은 보급이 끊어지고 탈출할 길도 없는 이오섬 동굴에서 끈질긴 저 항을 계속 했다. 고든이 지휘하던 소대가 소탕 작전을 계속하 던 중에 일본군 병사가 밀림에서 일본도로 메이슨을 공격했다. 일본군인의 광기에 찬 눈빛과 일본도의 번쩍이는 칼날을 보자 고든은 바로 콜트 45 권총을 뽑아 쏘았다. 일본군은 오른 어깨 를 맞고 비틀거리며 왼손에 힘을 옮겨 메이슨을 향해 칼을 내 리쳤다. 고든이 다시 왼쪽 가슴을 쏘자 일본군인은 마지막 순 간에 적과 싸우지 못한 아쉬운 얼굴로 고꾸라졌다. 한국전쟁에 선 콜트 45가 메이슨을 구하지 못했다.

인민군 소년병은 무표정하게 눈도 깜박이지 않고 고든 중 위를 바라보고 있었다. 부하 상사가 죽은 고든 중위는 제정신 이 아니었다. 중위는 욕설을 하면서 소년병을 주먹으로 몇 번

후려치더니 차고 있던 콜트 45 권총을 뽑아 소년병 이마에 갖다 대었다. 포로를 쏘아 죽이면 불법이지만 그런 걸 따질 순간이 아니었다. 소년병은 네이팜탄에 산 채로 타죽은 전우에 비하면 이런 것쯤이야 아무것도 아니라는 무표정으로 중위를 바라보았다. 그 표정은 뭐라고 말하기 어려웠다. 너무나 차가운 얼굴이라 손을 대면 자신도 모르게 손을 떨쳐낼 것만 같았다. 비웃음도 아니고 증오나 체념도 아닌 그야말로 전쟁 자체의 표정이었다. 전쟁의 신이 죽음을 관찰하라고 이 땅에 보낸 사자 같았다. 끝이 보이지 않는 검은 우물로 모든 감정을 쓸어 담아 던져버린 얼굴. 고든 중위는 방아쇠를 당기려다가 순간 멈칫했다. 훗날 고든 중위는 소년병의 얼굴이 그에게 질문을 던지는 것 같았다고 말했다. 생판 처음 만난 사람이 서로를 죽이고, 폭격기 조종사가 단 한 번 보지도 못한 지상의 군인에게 불덩어리를 안기는 전쟁에서 부하가 죽었다고 분노하는 너는 도대체 뭐냐고. 우리는 모두 거미줄에 걸린 채로 서로를 뜯어먹는 악귀에 불과하다고. 그때 아버지가 고든 중위를 막아섰다. 막 방아쇠를 당기려던 고든 중위는 몇 번 심호흡을 하더니 총을 거뒀다. 중위는 소년병을 노려보더니 뒤로 돌아섰다. 아버지는 소년병에게 비상식량을 건네주고 포로 캠프로 보냈다.

소년병을 살려준 날은 저녁놀이 아름다웠다. 한 생명을 살린 뿌듯함이 바람에 섞여 세상을 순례했다. 나뭇잎이 물들며 가을이 시작되었고 세상은 전장에서 쓰러진 사람을 아랑곳하지 않고 즐겁게 삶의 기쁨을 나눠주었다. 고든 중위와 아버지는 싱그러운 바람에 실린 생명의 자락을 붙잡았다. 그건 일시적인 휴전이고 착각에 불과했다. 다음 날에는 수색과 살인과 소탕이 이어질 터였다. 그래도 그날 저녁은 세상이 따뜻했다. 아버지는 전쟁이 끝난 뒤에 부산 하야리아 캠프에 있던 고든 중위를 만났다. 둘은 부대 앞에 있던 바에서 위스키를 마시며 재회의 기쁨을 나눴다. 고든 중위가 그때 소년병을 죽이지 않은 건 아무리 생각해도 잘한 일이라며 아버지를 칭찬하고 아버지에게 준 선물이 콜트 45 권총이었다. 소년병의 머리를 겨눴고 짧은 순간 한 사람의 생사에 관여했던 권총이었다. 듣기로 고든 중위는 하야리아 캠프의 한국인 군무원에게 너그러웠다고 한다. 전쟁 직후 미군부대에서 일하던 여자들이 천으로 배에 C 레이션과 미군 물품을 감아 밖으로 반출해도 웬만하면 눈감아주었다고 했다. 사람의 목숨을 뺏기도 하고 건지기도 한 권총. 아버지는 화가 솟아오르면 이 권총을 떠올리고 때로는 만지며 심호흡을 했다고 했다. 그래서 큰 실수 없이 전쟁 후의 혼란기 부산에서 아이들을 키우고 살 수 있었다는 것이다. 전쟁이 끝난 후 부산의 삶은 아수라장이었다. 어렵게 구한 수정동 산복도로의 집한 칸도 큰 축복이었다. 직장은 구하기 어렵고 모두가 굶주렸다. 인심이 나쁘진 않았지만 거친 삶에 분노할 일도 많았다. 나도 젊어서 아버지에게 이 권총을 물려받았다. 권총을 꺼내 만지면 차가운 금속에서 어떤 울림이 전해진다. 울림은 내 손을 타

고 가슴으로 올라가 온몸을 돌고 다시 손끝에 머문다. 방아쇠
를 달깍 당겨본다. 한 사람의 과거와 현재와 미래까지 모두 단
박 없애버릴 수 있는 소리다.

아버지는 콜트 45를 손으로 쓸어보고 조용히 말했다. 아들
아. 네게 이 권총을 물려준다. 화가 날 때면 이 총을 생각해라.
한 번씩 총의 차가운 몸에 손을 얹고 마음을 다스려봐라. 불과
몇 초만 심호흡을 하며 화를 참으면 사고를 막을 수 있다. 총보
다 더 무섭고 무서운 게 분노다. 분노가 튀어나가면 쏴버린 총
알처럼 되잡을 수 없다.

나는 권총을 잡고 차가운 감촉에 몸을 떨었다. 벌써 70년이
지난 쇠뭉치는 묵직했다. 총알은 없었다. 커피잔 세트와 콜트
45는 짝이 맞지 않는 이질적인 물건이다. 그런데 이상한 일이었
다. 내게 커피잔 세트가 콜트 45처럼 느껴졌다. 둘은 물건을 만
든 재료도 기능도 확연히 달랐다. 그럼에도 두 물건은 점점 거
리가 가까워져 어깨동무를 한 친숙한 물건으로 뇌리에 새겨졌
다. 커피잔 세트도 어쩌면 서로의 관계를 끝장내는 총알과 같
을지도 모를 일이었다. 집을 나와서 산동네의 주택을 내려다보
았다. 가난과 궁상이 끌고 간 판자촌의 삶. 과거로부터 이어진
끝없는 불안과 보이지 않는 미래를 향한 적의는 여전히 살아
숨 쉬고 있었다. 콜트 45가 담긴 상자를 어루만졌다. 과거는 질
겼다. 나는 그 모든 것을 못 본 체, 없는 체 도망가려고 했지만

어쩔 수 없이 콜트 45에 붙잡혀 다시 끌려왔다.

　나는 권총이 든 나무상자를 들고 문현동 원룸으로 돌아갔다. 원룸에서 총을 잡고 벽을 겨냥한 다음 몇 번 큰 숨을 몰아쉬고 다시 상자에 넣었다. 그날 나는 꿈을 꾸었다. 누군가가 내게 권총을 겨누고 있는 꿈. 놈은 총알이 장전됐음을 보여주기 위해 내 발 옆에 총을 쏘아 튀는 흙을 보여주고 다시 나를 겨눴다. 나는 식은땀으로 축축하게 젖은 채 바싹 마른입으로 서 있었다. 나를 땅에 못질해 거의 무한의 시간을 서 있은 것 같았다. 누군가가—아마도 아내의 음성인 것 같았다—나를 불러 꿈에서 깨어났다. 아내는 친구가 사는 연립주택에 머물고 있었다. 다음 날 나는 백화점에 가 핀란드산 커피잔 세트를 사서 가방에 넣고 아내를 찾아갔다. 커피잔 세트는 가벼웠다.

처형

송문태와 나는 친한 사이다. 그 자식이 보안계장을 패서 두 달 징벌을 먹었을 때 징벌방 관리를 내가 했다. 보안과에서 송문태와 잘 통하는 나를 일부러 배치해놓은 셈이다. 놈은 징벌방에 있을 때도 24시간 내내 벨트와 수갑이 연결된 보호대를 차고 있어야 했지만 내가 때때로 풀어줬다. 보호대를 풀면 송문태는 뻣뻣해진 팔다리를 움직거리며 한숨을 돌렸다. 뭐, 사고만 안 나면 괜찮다. 교도소에서 아무리 날뛰어 봤자 어차피 담장 안이니까. 혼거방에서 싸움을 하도 해대서 송문태는 독방에 수용됐다. 그게 내가 담당으로 관리하는 3동 상방이다. 감방은 2층 건물로 아래층이 하방, 위층이 상방이다. 아래층은 변기통에서 올라오는 냄새가 지독해 위층이 살기에 낫다.

허삼오도 여기 3동 상방의 독방에 와 있다. 그 자식도 징벌을 여러 번 먹어 보안과에서 상대하기 골치 아픈 놈이다. 어디서 구했는지 면도날로 혓바닥과 가슴을 긋는 바람에 피칠갑을 한 적도 있다. 놈이 엄지와 집게손가락으로 꽉 잡은 면도날에 빛이 반사돼 반짝 빛났다. 그러면 교도관과 재소자 모두 그 빛에도 베이는 것처럼 멀찍이 물러났다. 면도날로 혓바닥을 그으면 입안에 피가 가득 찬다. 그걸 진압하려는 교도관에게 푸욱 뿜어낸다. 기분 더럽다. 살인마의 피를 뒤집어쓰면 온몸이 오싹하며 덜덜 떨리고 몸이 약해진다. 그때도 내가 허삼오를 진압했다. 나는 피를 뒤집어써도 떨리지 않고 스트레스도 받지 않는다. 이상하게 들리겠지만 상쾌하기조차 하다. 온몸에 피를 묻히고 지랄하는 그 자식 가까이 가서 농담을 한 마디 탁 던지면 허삼오는 신기하게도 그렇지 뭐, 대꾸하면서 잠잠해졌다. 그 자식과 난 어딘가 통하는 데가 있다. 하여튼 허삼오도 송문태와 마찬가지로 교도소의 무법자다. 무법자만을 모아놓은 3동 상방은 매일 싸움이 벌어질 것 같지만 그게 또 안 그렇다. 꼴통들을 모아놓으면 앞뒤가 맞고 나름 질서가 잡혔다. 나치 강제수용소는 수용자가 중간 관리를 맡아 잘 굴러갔다고 하는데 딱 그 꼴이다. 부글부글 핏물이 끓는 지옥도 나름 잘 관리되겠지.

3동 상방을 관리하면서 감방을 잘 들여다보지는 않는다. 얼굴을 창살에 꼭 갖다 대지 않아도 뭐 하고 있는지 내 눈에 다 잡힌다. 놈들은 어차피 내 손바닥 위에서 놀고 있다. 가끔 이상한 짓을 벌이는 놈도 있다. 9번방에 있는 놈이 뭘 끼적대기에 물어봤더니 자서전이랬다. 그걸 써서 뭘 할 건데 물었더니 자

64

기도 모른다는 대답이 돌아왔다. 다만 뭔가를 써서 남겨야겠다는, 강도를 저지르기 전 몸이 떨리고 아찔한 그런 순간을 닮은 강렬한 욕망이 치솟아 올랐다는 거였다. 강도범이 되기 전에 인생이 이리로 갈까 저리로 갈까 몇 번 꺾어지는 지점이 있었는데, 밤에 자리에 누우면 그때 선택을 달리 했으면 어떻게 됐을까 하는 생각이 든다는 거였다. 누가 그걸 읽겠냐고 했더니 친구와 가족만 봐도 충분하다는 말이 돌아왔다. 그냥 흔적을 남기고 싶은 거다. 소설이나 시를 쓴다는 사람도 그런 욕망에 쫓겨서 글을 쓰는 게 아닐까. 누구는 욕망을 범죄로 풀고, 누구는 종이와 펜으로 푸는 게 차이일지 모른다. 아, 물론 종이에 푸는 게 훨씬 낫다. 종이는 사람을 찔러 죽이지는 않잖아.

나도 호기심이 솟아 자서전 쓰기 강좌에 한번 나가봤다. 머리를 묶고 화장을 하지 않은 강사 얘기가 재미있었다. 신기한 얘기를 쓰지 말고, 일상의 평범을 쓰라고. 우리가 사는 일상을 들여다보면 심연이 숨어 있다고. 맞는 말이다. 내 일상도 평범하다면 평범하고, 그렇지 않다면 그렇지 않다.

자서전은 최초의 기억에서 시작하면 좋다고 강사가 강조했다. 내 최초 기억은 엄마의 따뜻한 품이나 친구와 즐거운 놀이, 이런 건 아니다. 세 살쯤이었나. 바다를 처음 보았다. 거대한 파도가 내 앞까지 밀려와서 다시 물러갔다. 바다의 압도적인 규모와 거친 율동이 나를 위협하는 것 같아 몸을 사리고 가만히 있었다. 파도가 밀려오는 백사장에서 빨간 옷을 입은, 나보다 조금 큰 여자 아이가 작은 삽으로 구멍을 파고 있었다. 구멍은 깊었고 물이 고여 있었다. 어린 나는 그 엄청난 바다를 신경 쓰지 않고 모래를 파는 여자 아이를 유심히 바라봤다. 물이 고인, 비밀을 간직한 듯한 구멍을 빤히 봤던 기억이 생생하다. 그 구멍 안에 작은 게 한 마리가 들어 있었다. 게는 상처를 입었는지 비틀대며 구멍 밖으로 기어 나오려 했다. 그러자 여자 아이가 작은 삽으로 게를 탕탕 두들겼고 게는 다리를 벌벌 떨며 제자리에서 꼼짝도 못했다.

완전히 잊고 있었던 바닷게 기억이 되살아난 건 허삼오와 부딪쳤을 때다. 난동을 부리던 허삼오의 팔다리를 포승으로 묶어 징벌방으로 끌고 갔다. 허삼오의 꽁꽁 묶인 모습에 문득 그 어린 날의 게가 떠올랐다. 허삼오를 게처럼 두들기고 싶다는 맹렬한 욕구가 치솟자 난 흥분으로 질식할 뻔했다. 나를 사로잡은 감정은 원시의 강렬하고 휘황찬란한 원색 그대로였다. 난 냉철하고 진중한 사람이다. 갑작스런 감정에 말리지 않으려고 온 힘을 다해 노력하면서 이 감정이 어디에서 나왔는지 찾았다. 추적을 시작하자 그 감정은 천천히 가라앉아 꼬리부터 몸통까지 의식 표면에서 사라졌다. 감정은 심연으로 가라앉았지만 익사하지는 않았다. 난 마음 밑바닥에서 살의가 들끓고 있는 걸 알아챘다. 그 요사스런 마음이 나를 지켜본다는 느낌까지 들었다.

그날 밤 술집에 앉아 홀로 소주를 들이켰다. 그 마음은 어디서 나타난 걸까. 한 잔 한 잔 투명한 액체를 몸에 부으며 몰입하다 때로는 멍하니 생각을 더듬었다. 그러다 비슷한 감정을 느꼈던 옛일이 마음 밑에서 뭉글대며 올라왔다. 만취해 종업원과 싸우던 중년남자를 단골 술집에서 봤을 때였다. 놈은 술값도 내지 않고 고함을 지르며 종업원 멱살을 잡았다. 멱살을 잡힌 종업원은 새파랗게 질려 눈물을 뚝뚝 흘렸다. 의자가 넘어지고 접시가 깨지는 소동을 피우는 바람에 손님들은 투덜대며 다 나가버렸고 여주인은 오늘 하루 장사를 망쳤다며 울상이었다. 남자는 술집에 출동한 경찰에게도 행패를 부렸다. 난 살의를 느꼈다. 주먹을 꽉 쥐고 저 자식을 목 졸라 죽였으면 했다. 손아귀에 힘이 쫙 올라오고 부들부들 떨렸다. 근데 나는 사람을 죽이고 싶었던 걸까, 아니면 정의를 실현하고 싶어 했던 걸까? 그 장면을 떠올리며 든 의문이다. 떠오른 생각 뭉치를 이어보니 사람을 죽이고 싶었던 적이 제법 있었다. 난 스스로에게 놀라 반문했다. 그렇게나 자주 살의를 품었단 말인가.

그야 평범한 사람도 살의를 느낄 때가 많다. 도로에서 차량이 꽝 부딪치면 운전자가 나와서 삿대질을 하고 악을 쓰곤 한다. 폭언을 하며 분노가 상승하다가 저 자식을 때려 죽였으면 싶은 마음이 불끈 솟아오르고 머릿속이 하얘지기도 한다. 어디선가 쾅쾅 천둥이 치는 소리가 들려 마른하늘을 돌아보면 그 소리가 내 심장에서 울리는 소리임을 깨닫기도 한다. 그럴 때 살인이라는 행동은 우리 가까이서 어슬렁대는 거다. 나도 그런 경우와 같았을까. 난 상상으로 치밀한 살인 계획을 짠다는 게 왠지 달랐다. 이런 자세로 어디쯤에서 망치를 휘두르고 이렇게 도망가면…… 나는 내가 망치를 휘두를 때 힘을 준 자세와 망치 각도까지 계산하곤 했다. 머릿속에서 끊임없이 망치 장면을 돌리고 돌리면서 완벽하게 상상을 가다듬었다. 상대방이 첫 타격을 피하면 나도 몸을 돌려 두 번째 타격 자세와 각도를 준비했다. 그러다가도 그런 공상을 곧 잊어버렸다. 하지만 잊었다는 건 호의로 평가해서 그런 거고, 그게 잊힐 리가 있을까. 단지 앙금으로 가라앉았을 뿐이다. 가슴에서 앙금이 흔들리면 살의가 뿌옇게 온몸을 긁으며 올라왔다.

살인을 하는 상상은 짜릿하다. 실제 치러야 할 장면을 하나 하나 떠올리고 상황에 맞게 고치면 아주 좋다. 게임에서 건물 뒤에 숨은 적을 겨냥해 저격용 총을 당기는 기분이랄까. 높은 옥상에 엎드려 지상과 건물을 관찰하면 적의 움직임이 한눈에 들어온다. 적은 어디선가 자신을 노리는 시선이 있다는 것을 알지만 그 시선을 찾을 수 없다. 적은 불안한 첫 걸음을 내딛고 다른 건물 옆으로 옮아간다. 상상 속 살인을 하기 전에 머릿속으로 음악을 먼저 튼다. 볼륨을 낮게 해 배경음악으로 깐다. 바순의 높은 음으로 시작해 박자는 날뛰고 심장은 쿵쿵대는 악곡, 봄의 제전이다. 나는 숨을 깊이 들이 쉬고 내면에서 꿈틀대는 소리에 귀를 기울인다. 저 불규칙한 음악의 박자와 리듬은 내게 살인 지령으로 작동해 나를 조종한다. 그런 생각에 젖어 밤이 내뿜는 차갑고 싸늘한 기운을 헤치며 자주 걸었다. 밤거리는 조용하고 대기는 촉촉하게 젖었다. 어디선가 개가 컹 짖었고 흐린 날씨에 하현달도 숨을 죽였다. 잠든 도시는 밤의 장막에 싸여 낮고 고른 숨소리를 냈다. 그렇게 돌아다니면 마음이 가라앉고 몸도 편안해졌다.

송문태는 1번방이다. 난 송문태에게 담배를 자주 줬다. 처음 담배 두 개비를 라이터와 같이 던져주었을 때 놈은 깜짝 놀랐다. 교도소에서 담배는 지폐보다 훨씬 가치가 높다. 면과 종이로 만든 지폐란 게 바깥세상에서 그토록 힘이 세다니 웃기지 않는가? 지폐는 뭔가로 바꿀 수 있을 때만 힘을 발휘하는 물건 아닌가. 교도소에선 지폐로 바꿀 수 있는 게 너무 적다. 술도, 담배도, 여자도 안 된다. 송문태는 담배 한 개비를 다 태우고 마약 한 방을 때린 마냥 몽롱하게 앉아 있다. 교도소에서 흡연하려면 연기를 끝까지 삼켜야 된다. 연기가 한 올이라도 밖으로 새면 죄수들이 귀신같이 알아챈다. 연기를 꾹꾹 삼키면 바로 뇌로 신호가 올라가 어질어질하다. 허삼오는 5번방에 수용된 놈으로 둘 다 독방이다. 혼거방에 넣으면 두 놈은 재소자를 지독히도 괴롭혀 동료 모두가 쩔쩔매며 곱징역을 산다. 두 놈은 자신에게 대항해 기어오르는 자식이라면 눈알이라도 뽑아낼 새끼다. 혼거방 재소자는 입을 모아 두 놈에게 벗어나 다른 방으로 가겠다고 민원을 넣어댄다. 내가 재소자에게 말한다. 시키는 대로 비위 맞춰주며 살아봐. 그게 그리 어려워? 재소자가 말한다. 그게 아니라니까요. 저 새끼는 악마예요. 내 살을 바깥에서부터 파먹고 들어온다니까요. 어떻게 파먹어? 무슨 구더기도 아니고. 들어와서 살아보세요. 단박 몸으로 느낍니다.

허삼오에게도 담배를 자주 건네주는데 놈은 왜 그런지 나를 의심하는 눈치다. 저 교도관이 나를 왜 잘 대해주지, 하는 불신이 깔렸다. 하긴 놈은 이 세상에 태어나서 지금까지 혼자 찬바람을 맞았고 모진 대접만 받았다. 놈은 용수철처럼 튀어 사회에서 받은 모욕과 박대를 범죄로 되갚아주었다. 근데 자기를 괴롭힌 놈과 살해당한 사람이 같지 않다는 게 문제다. 그걸 복수라고 할 수 있을까? 새벽 세 시에 5번방 문을 따고 들어가 뺨 옆에 담배를 놓아두면 허삼오는 반짝 눈을 뜬다. 음흉한 눈이다. 째진 눈에 세모턱이라 눈을 번쩍 뜨면 독사가 노려보는 것 같다. 방에 들어가면 허삼오가 나를 공격하고 밖으로 도망가지 않느냐고? 재소자가 방에서 탈출해도 감옥은 첩첩산중이다. 사동의 문은 잠겨 있고 그 문을 열면 통제센터에 신호가 울린다. 사동을 나서면 긴 복도가 있는데 거기도 밤에는 다 잠겨 있다. 복도 감시 카메라는 밤에 움직이는 물체가 있으면 감지해서 경고 신호를 보낸다. 복도를 나서면 내벽이 있고, 그 내벽을 벗어나면 높은 주벽이 기다리고 있다. 벽을 통과하거나 하늘을 날지 않는 이상 탈출은 어렵다. 인간이 근육과 뼈를 가진 물리적 실체라는 걸 교도소 감방만큼 절실하게 느끼게 하는 곳도 없다.

허삼오는 강도살인범이다. 허삼오가 야밤에 덮친 가족 세 명 중에서 두 명이 죽고 한 명은 중상을 입고 시달리다 석 달 후에 죽었다. 셋은 아버지와 어머니, 딸이었다. 기숙학원에 다니던 큰아들만 살아남았다. 허삼오는 사형 판결을 받았지만 멀쩡하게 담배도 피우며 잘 지낸다. 벌써 구 년 전 일이니, 큰아들은 어떻게 됐을까? 난 아들을 찾아내서 만났다. 그 기록도 물론 자서전에 적어둘 것이다.

시청 공무원으로 일하는 아들은 창백하고 키가 컸다. 그는 허리를 꼿꼿이 펴서 내 앞에 앉았다. 구 년 전 사건을 꺼내도 아들은 석고로 만든 동상 자세로 미동도 하지 않았다. 난 허삼오가 사는 행태를 말해주었다. 아침과 점심과 저녁을 잘 먹으면서 트림을 끄윽 하고 신문과 방송을 보며 잠도 푹 잔다고 말했다. 아들의 표정이 흐트러지지 않아 내가 잘못 본 게 아닐까 의심되었다. 아들은 차분하다 못해 더 가라앉기 어려운 목소리로 내게 말했다.

허삼오가 잘 지낸다 해서 뭐가 문제인가요?

나는 허삼오가 사형 판결을 받았음을 환기시켰다. 아들은 사형이든 무기징역이든 허삼오의 인생은 끝났다고 말했다.

나는 말했다.

끝난 게 아니죠. 멀쩡하게 살아 숨을 쉰다는 말입니다.

아들은 허삼오의 목숨이 붙어 있어도 그건 껍데기일 뿐 사회적 삶은 끝났다고 말했다.

사회적 삶이라…… 교도소도 또 다른 사회입니다. 아들이 아무 반응을 보이지 않아, 나는 그가 자비나 사랑을 들먹이며 모두 용서했노라고 말할까 두려웠다. 아들은 투명하고 단정한 자세로 침묵했는데 그의 영혼에 큰 구멍이 뚫려 어떤 충격과 자극도 구멍으로 쓸려 나가고 있는 건지도 몰랐다. 도로에 입을 딱 벌린, 커다란 싱크홀처럼 말이다. 들어오는 모든 걸 삼켜버리고 침묵만 남기는 것이다. 나는 분노가 치밀어 아들의 멱살을 잡아 바닥에 내팽개치고 싶었다. 멍청하게 눈만 깜박이는, 복수할 기운은 조금치도 없는 거세된 남자를 짓밟고 싶었다. 나는 발을 쾅 구르고 그 앞을 떠났다.

허삼오가 교도소에서 어떻게 지내는지 말해 달라고? 허삼오는 작업장에서 빵을 굽고 있다. 그 개자식이 밀가루와 효모와 단팥과 크림을 섞어 만든 빵을 재소자들이 먹고 요양원과 재활병원과 군부대에도 보낸다. 허삼오는 한 번씩 발작하며 광기를 터뜨릴 때 외에는 차분하게 빵을 구워낸다. 그는 빵과 물과 밀가루와 대화하며, 재료가 자신의 능력을 최대한 발휘해 익도록 돕는다. 새벽에 5번방에 담배를 건네면 허삼오가 미소를 지으며 빵을 하나 건넨다. 나는 단팥과 크림이 반씩 들어간 빵을 한 입 베어 물었다. 허삼오는 내가 빵을 목구멍으로 넘기는 모습을 보며 담배 연기를 깊숙이 들이마셨다. 밤에도 꺼지지 않는 조명 아래, 담뱃불은 부드러운 빛을 내며 타들어갔다. 한 번씩 피우는 담배가 허삼오의 발작과 분노를 다스리는 건지도 몰랐다. 허삼오는 나를 보며 입꼬리를 올리더니 이를 드러내고 웃었다. 나는 놀랐다. 허삼오가 웃는 모습은 처음이었다. 그는 말도 없었고 웃지도 않았다. 단백질로 만든 고체 덩어리라고 할까. 그의 얼굴에 웃음이 사라진 뒤에도 잔영은 오래 남아 평화롭고 아늑한 표정을 유지했다.

자서전으로 돌아가서 내 가족 이야기를 솔직하고 정중하게 진술할까 한다.

할아버지는 한국전쟁에서 무공훈장을 받았다. 할아버지 집 거실에 걸려 있던 훈장을 기억한다. 훈장은 집 안을 장악한 귀한 물건으로, 집에 들어오는 누구도 중앙을 차지한 훈장을 피해 갈 수 없었다. 할아버지는 무공훈장을 받은 용맹에 대해 말하지 않았다. 팔순이 되던 해—죽기 일 년 전이었다—어느 날 저녁 내게 전쟁을 얘기했다. 며칠 전에 전우가 병으로 죽었다고 하면서 입을 열었다. 죽은 전우와 자신은 좌로 가, 우로 가, 한 시간 제식훈련에 두 시간 총을 쏘는 훈련을 받고 바로 중부전선 고지쟁탈전에 투입되었다고 했다. 격전지였다. 곳곳에 깔린 시체는 팔다리 없이 워낙 처참한 몰골이라 밤이면 입만 남은 귀신이 자신을 뜯어먹지 않을까 두려웠다. 할아버지는 포탄 파편이 군복을 찢고 나가는 사건을 여럿 겪으면서도 몇 주가 지나도록 용맹하게 싸웠다고 한다. 참호에서 벌벌 떨다 돌격 소리에 정신없이 총을 쏘며 마구 달리던 시절을 지나, 죽여야 할 목표를 선정해서 달려들었다.

그리고 모든 사건이 그렇듯, 할아버지는 전투에 익숙해져 상대의 목숨을 빼앗는 행위에도 무감각해졌다. 할아버지가 소속된 중대원의 절반이 죽었고 많은 사람이 부상을 입어 장애자가 되고 말았다. 어느 날 푸른 하늘에 흘러가는 뭉게구름을 보며 삶이란 참 덧없다는 생각을 할 때였다. 저격병이 쏜 총알이 전투 헬멧 옆을 맞췄다. 총알이 조금만 아래로 내려왔다면 목숨을 잃었겠지만 할아버지는 전혀 두렵지 않았다. 죽음이란 먼 구름으로 느껴졌고 죽는 일도 죽이는 일도 개미를 발로 밟는 것처럼 하찮게 느껴졌다고 했다.

할아버지에게 딱 한 번 들은 전쟁 이야기를 아버지는 술을 마시면 해대었다. 아버지는 월남에서 돈을 많이 번 효자면서 자유를 위해 싸운 전사였다. 나는 월남의 지명과 공격 루트와 게릴라전을 훤하게 꿸 정도였다. 아버지가 속한 중대가 베트남 중부 밀림을 행군할 때 아버지 앞에 선 전우 가슴에 휘익, 대나무에 꽂은 깡통조각이 박혔다. 베트콩이 만든 부비트랩으로, 바닥에 건 줄을 건드리면 휘어진 대나무가 무시무시한 속도로 날아왔다. 가슴에 깡통 조각이 박힌 전우는 가려운 곳이 긁힌 양, 비틀린 웃음을 지으며 죽었다. 앞 전우가 줄을 건들지 않았으면 아버지가 죽음의 천사와 포옹을 했을지도 모른다. 그날 아버지 중대는 주변 마을에서 농사를 짓던 남자 두 명과 여자 한 명, 물소 두 마리를 쏘고 마을 입구의 뭔가 수상해 보이는 집 세 채를 불태우고 가족 다섯 명을 처형했다. 아버지는 말했다. 마을이 아주 베트콩 천지였다니까. 아버지는 자신이 죽인 사람을 베트콩으로 확신했다. 그들이 양민일 리 없다는 말을 주문처럼 외었다. 나는 그 이야기를 들을 때마다 마음 놓고 사람을 죽일 수 있는 전쟁터에 가벼운 전율을 느꼈다. 할아버지와 아버지 몸을 돌아다녔던 맑고 정제된 살인의 피는 물꼬를 따라 내게 넘어온 것이 아닐까. 아아, 청동기 시대에 태어났으면 적의 머리를 도끼로 깨부수는, 부족민에게 찬탄 받고 설화 주인공에 오르는 영웅이 되었을 것을. 할아버지와 아버지, 나는 모두 시대를 잘못 타고난 운명의 희생자가 아닐까.

그렇다. 이제 실행해야 할 때다. 송문태와 허삼오는 만만한 상대가 아니다. 놈은 언제든 내 공격을 되치고 나를 제물로 삼을 수 있다. 빈틈 없이 준비해야 한다. 나는 엄숙하다. 제물로 올릴 성스러운 행사에 앞서 몸을 씻고 새 옷을 꺼내 입었다. 오늘 밤 근무는 10시부터 시작이다. 저녁 폐방시간은 5시 30분으로 교도소 사동과 방은 모두 닫힌다. 인원점검을 끝낸 교도소는 적막하다. 교도소에서 시간은 고여서 천천히 흘러간다. 느리지만 절대 멈추지는 않는다. 나는 시간에 몸을 적시고 발을 맞춰 함께 흐른다. 교도관은 죄수를 감시한다지만 실은 같이 징역을 사는 삶이다. 나도 감옥 안에서 마음대로 사동 밖으로 나가지 못하고 엄격한 규율에 얽매여 지낸다. 교도관 근무실에는 여러 감시 카메라가 찍은 화면들이 올라와 있다. 복도와 사동 입구, 출구가 한눈에 보인다. 텅 빈 복도는 휑하다. 감옥을 발명

하면서 인간은, 그 뭐라고 하지, 아 맞아, 호모 사피엔스의 길을 걷게 되었을 것이다. 체포한 자리에서 죄수를 몽땅 죽여 버리면 간단한 일을, 먹이고 재워주며 질기고 길게 데려간다. 그게 문명의 표지라고? 더럽게 웃기는 말이다.

나는 복도 입구에 의자를 내놓고 멍하니 앉아있다. 아무 생각을 하지 않고 그냥 멍청하게 머리에 든 짐을 내려놓고 텅 비운다. 머리가 비면서 맑아져 사물이 환히 내 의식에 비친다. 취침시간이 지나 감방은 고요하다. 몇몇이 몸을 뒤척거린다. 교도소 고참은 모두 곯아떨어져 있다. 긴 수형생활을 통해 그들은 교도소에서 돌리는 시간표에 맞추는 삶이 몸과 마음을 지극히 평안하게 만든다는 것을 깨달았다. 밤이 깊은 교도소는 거대한 침묵이 드리운 자리다. 나는 침묵과 동행하다 새벽 두 시를 넘어 거사를 준비한다. 극히 짧은 순간에 대결은 끝날 것이다. 그와 나의 대결에서 승부가 어떻게 날지 지켜봐야 한다. 내게 유리한 단 하나는 적이 내 속마음을 모른다는 것이다. 교도소 중앙통제실에서 감시카메라 화면을 통해 사동과 복도를 지켜보고 있지만 형식적으로 보는 체할 뿐이다. 폐방을 한 후로 이 교도소에서 탈출 사건이 일어난 적은 없다. 통제실 교도관은 새벽이 되면 꾸벅꾸벅 졸거나 아예 소파에 누워버린다.

새벽 세 시 오 분 전이다. 캄캄한 밤은 아니다. 교도소는 밤에도 밝다. 나는 예전에 담배를 세 시에 공급했다. 그럴 때면 송문태가 내게 물었다. 허삼오도 때때로 물었다. 왜 내게 담배를 주지? 난 개털이야. 내가 담당에게 줄 건 아무것도 없어. 나는 말했다. 당신이 존경스러워서. 당신의 살인이 흥미로워서. 그건 아무나 할 수 있는 행동이 아니야. 먼 선대로부터 이어진, 선택받은 극소수만이 할 수 있지. 그게 정말이야? 감점은 있지. 남자를 죽였어야지. 그게 일대일로 승부하는 남자의 진면목이 아닐까?

그렇다. 나는 남자가 여자를 죽이는 모든 살인을 경멸했다. 그건 비천하고 냄새나는 추악한 짓이었다. 남자의 근육은 짐승을 쫓고 적을 막으라고 제공된 것이다. 엉뚱한 데 근육을 쓰는 건 힘의 원천을 모독하는 짓이다.

내가 할 일을 왕조를 뒤엎는 반역과 비교할 건 아니다. 그래도 큰일이라면 큰일이다. 경찰도, 검찰도, 아니 법무부 장관과 대통령도 하지 못한 일이니까. 사형 얘기만 나오면 인권 어쩌고 하며 벌벌 떠는 그들이 가증스럽다. 눈앞에서 강도가 아내와 자식을 푹푹 찔러 피바다 속에서 죽였다고 상상해 보라. 당신이라면 강도를 교도소에서 삼십 년이나 살려둘 수 있겠는가? 당장 시퍼렇게 날이 선 칼을 꺼내 그놈 배를 쑤욱 칼자루까지 들어가도록 찌르고 싶지 않겠냐 말이다. 그런 개새끼에게 나날이 번지르르한 쌀밥에 국과 어묵과 꽁치 조림까지 갖다 바치고, 기침이라도 하면 의무실에서 얼른 약도 준다. 뭔가 대단히 비틀린 세상이다.

사형수 송문태의 손아귀에서 살아남은 여자가 있다. 난 그 여자를 수소문해 카페 구석 자리에서 만났다. 그녀는 경찰 수사 파일에 송문태의 일곱 번째 희생자로 올라갈 뻔했지만 다행히 목숨을 건졌다. 송문태는 10대부터 70대까지 여자만 여섯 명을 망치로 쳐 죽였다. 생존한 여자는 놀랄 만큼 의지가 강한 사람으로, 존경심이 절로 들었다. 그 일을 당하고도 몇 년을 더 영업했으니까. 그녀는 자영업자로, 3개월 단기 계약한 오피스텔에서 손님을 받았다. 경찰이 추적하기 힘든 스마트폰의 보안 프로그램을 통해 영업했다. 따스한 여자 몸을 찾는 손님 중에는 별별 사람이 다 있어 철저하게 선불을 받고 운영했다. 개자식만 있는 건 아니라서 같이 스마트폰 게임만 하다 간 손님도 있고, 이야기하다 여자 품에 안겨 울고 간 손님도 있었다. 대부분은 괜찮은데 꼭 애먹이는 한두 명이 문제다. 오피스텔이라는 갇힌 공간에서 남자 상대로 영업을 하려면 어떤 자세를 가져야 하는지 아는가? 무엇보다 독해야 한다. 그녀를 살린 건 거울이었다. 여자는 침대와 몸에 몇 가지 호신 무기를 숨겨뒀다고 했다. 카페의 어두운 조명 아래에서 진한 커피를 마시며 여자가 내게 말했다. 호신 무기를 믿을 수는 없어. 그냥 마음이 편하도록 옆에 놔두는 거야. 오피스텔로 찾아온 송문태는 뭔가 느낌이 좋지 않았어. 여자는 주의를 놓지 않고 웃으면서도 유심히 송문태 행동을 관찰했다. 침대 주위로 거울이 몇 개 놓여 있었는데 뒤돌아선 사이 거울에서 뭔가 번쩍 보였다. 여자는 날렵하게 몸을 돌려 팬티를 입은 송문태 음낭을 발로 사정없이 걷어

찼고 놈이 악 하며 망치를 떨어뜨린 사이에 화장실로 뛰어 들어갔다.

피신 장소인 화장실은 문짝에 잠금장치가 있고 고리를 하나 더 달아놓았다. 화장실에 구형 핸드폰을 예비로 둔 덕에 바로 신고를 할 수 있었다. 송문태는 처음엔 문짝을 부수려고 했지만 퍼뜩 정신을 차리고 도망치려 했다. 그런데 현관문은 안에서 열기 까다로운 디지털 자물쇠였다. 여자가 일부러 들어오기도 어렵고 나가기도 어렵게 그런 걸 달아놓았다. 안에서 열려면 두 단계로 스위치를 돌려야 하는데 이것저것 막 누르면 문이 잠기는 시스템이다. 왜 그런 복잡한 걸 달았냐고 물었다. 여자 말이, 자신을 두들겨 패거나 죽이려고 달려드는 남자가 있으면 같이 망하려고 했다는 거다. 망한다는 말을 하면서 여자는 쓸쓸하고 애잔한 미소를 띠며 머리칼을 손으로 넘겼다. 여자는 한숨을 쉬며 말을 이었다. 내가 어떻게 살아왔는지 모를 거예요. 마음이 울컥했다. 눈빛이 단단한 여자가 그런 제스처를 쓰면 마음이 짠하면서 슬퍼진다. 나는 여자의 한숨과 눈물에 약하다.

화장실에서 여자는 경찰에게 순찰차를 두 대 이상 보내라고 말했다. 한 팀은 엘리베이터를 지키고 한 팀은 계단을 지키라고. 송문태의 옷차림과 인상착의까지 일러줬다. 강도라는 신고를 받고 달려온 순찰차는 다행히 세 대였다. 겨우 오피스텔 문을 연 송문태는 태연하게 계단을 걸어 내려와 경찰에게 먼저 말을 걸었다. 뭔 일 있어요? 저쪽 비상계단으로 웬 남자가 뛰어내려가던데 관련이 있어요? 경찰 한 팀이 송문태 손짓을 따라 지하로 내려갔는데 마지막에 도착했던 신참 경찰이 송문태를 붙잡았다. 신분증 좀 봅시다. 송문태가 주머니를 뒤지는 척하다 칼을 꺼내 경찰관을 찌르고 밖으로 뛰어나갔다. 다른 경찰이 총을 꺼내 바로 송문태 다리를 쏘지 않았다면 놈은 도망에 성공했을 것이다. 송문태가 칼로 경찰을 찌르는 순간, 다른 경찰관이 틈을 이용해 총의 안전장치를 풀었던 것이다.

여자는 내 결심을 듣자 뜻대로 되기를 바란다며 축하해 주었다. 나는 여자와 함께 밤거리로 나왔다. 밤이 늦어 도시는 점점 어둠 속으로 사라지고 있었다. 여자가 골목에 서더니 나를 한참 물끄러미 바라보았다. 여자가 나를 꼭 끌어안자 심장이 뛰는 소리가 전해졌다. 죽음에서 귀환한 여자의 따스한 몸이었다. 허리에 손을 두르자 여자는 내 귀에 뜨거운 입김과 함께 소곤소곤 말했다. 꼭 성공하세요.

새벽 3시에 맞춰 송문태의 방문을 따고 들어갔다. 송문태는 내가 보내는 신호를 예민하게 알아챘다. 그는 조심스럽게 담요를 치우고 일어났다. 나는 담배를 건넸다. 송문태는 손을 내밀면서 뭔가 이상한 기운을 느꼈는지 나를 한 번 쳐다봤다. 나는 온화하게 웃었다. 그는 자신의 경계심이 미안했는지 씩 웃더니 담배를 물고 내가 켠 라이터 불을 향해 고개를 숙였다. 나는 허리 뒤에 끼워놓은 망치를 꺼내 송문태의 관자놀이를 내리쳤다. 단 한 번의 타격으로 승부를 내야만 했다. 관자놀이를 정확하게 후려치기는 쉽지 않다. 망치가 조금만 비껴가면 옆머리뼈를 두들기게 된다. 송문태는 헉 소리를 내며 담배를 빨아들였다. 놈은 멍청한 눈으로 나를 쳐다보았다. 그 눈이 순식간에 독한 살의로 번뜩였다. 놈은 나를 공격하기로 마음먹었으나 분하게도 강렬한 첫 타격 때문에 몸이 뜻대로 움직이지 않았다. 퍽. 나는 두 번째 타격을 관자놀이로 날렸다. 송문태 몸이 구부러져 담요 위로 쓰러졌다. 나는 쓰러진 놈의 뒤통수를 망치로 또 가격했다. 놈은 완전히 쓰러졌다. 차가운 얼음물에 몸을 푹 담아 살갗이 오소소 떨리며 다시 탄생한 느낌이었다. 기뻤지만 들뜨지는 않았다. 성취했지만 자만하지는 않았다. 나는 온몸을 덮쳐 털 한 올 한 올을 모두 일어나게 한 떨림을 잠시 음미했다. 송문태 시신을 눈으로 다시 즐긴 다음 담요를 덮고 옆구리에 담요 한 장을 받쳐 흐르는 피를 막았다. 냄새 제거제를 담요에 뿌리고 감방 문을 열고 나왔다. 중앙 통제실에서 감시 카메라를 지켜보고 있으면 내게 연락이 올 것이다. 나는 확신했다. 새벽 3시에 감시 카메라를 지켜보는 미친 교도관은 없다.

나는 근무실 거울 앞에서 옷과 얼굴을 꼼꼼히 살펴보았다. 피가 튄 상의를 갈아입고 허삼오의 5번방을 열었다. 허삼오는 앉아 있었다. 놈은 내가 들어서자 천천히 일어서 몸을 벽에 기대고 섰다. 놈은 이상한 낌새를 맡았는지 잔뜩 경계한 얼굴이었다. 내 옷이나 몸에 묻은 피냄새를 맡았는지도 모른다. 놈은 담배를 건네받는 익숙한 상황과 어울리지 않는 본능적인 두려움을 어떻게 이해해야 할지 당황스러운 모습이었다. 허삼오의 감각은 경계신호를 울렸다. 지금 위험한 대상은 늘 자신에게 친절하고 담배를 건네준 교도관뿐이다. 그는 난생처음으로 밀실에서 사냥의 대상이 될지도 모른다는 공포를 느끼고 있다. 공포가 어디서 오는지 모르는 두려움이 더 크다. 교도관은 비릿하고 경계해야 할 냄새를 풍긴다. 놈의 몸은 빳빳하게 긴장해 있다. 나는 놈의 긴장을 알지만, 아무것도 모른다는 평소와 다름없는 태도로 담배를 내민다. 놈이 내게 의심을 담은, 판단하기 어려운 상황에 어떤 태도를 취해야 좋을까 하는 눈빛을 던진다. 나는 왜 담배를 받지 않느냐고 순수한 미소를 보내며 담배 쥔 왼손을 한 번 더 내민다. 놈은 경계를 내려놓지는 않았지만 이유 없이 예민해진 게 아닐까 하며 자기 자신을 가볍게 나무라는 눈빛으로 옮아간다. 놈은 담배로 시선을 돌려 손을 뻗었다. 놈이 멈칫했다. 내 손가락에 묻은 핏자국을 본 것이다. 잠시도 멈출 수 없었다. 나는 납작하게 손가락을 붙인 오른손으로 칼처럼 놈의 목을 후려쳤다. 제대로만 맞으면 그는 숨이 막혀 눈을 까뒤집으며 쓰러질 것이다. 놈은 민첩하게 한손을 들어 올려 내 손칼을 막았다. 다행히 내가 먼저 공격했고 주도권을 쥐었다. 나는 주먹으로 얼굴을 짧게 후려쳤다. 놈의 등 뒤에서 한손으로 목을 거머쥐고 오른손으로 목을 꺾었다. 놈은 팔꿈치로 내 가슴을 강하게 내질렀다. 나는 헉 나오는 비명을 참으며 온 힘을 다해 목뼈를 돌렸다. 목뼈가 뿌드득 부러지는 소리가 났다. 반대쪽으로 목뼈를 다시 강하게 돌렸다. 경추가 으스러진 놈은 나무토막처럼 힘을 잃고 바닥으로 떨어졌다. 나는 숨을 헉헉 몰아쉬며 담요를 끌어올려 놈의 목에 올리고 손으로 눌렀다. 목뼈가 나간 놈은 팔과 다리를 쓰지 못했다. 놈은 이를 악물고 나를 노려보았다. 나는 놈을 내려다보면서 손에 힘을 가했다. 증오를 담은 놈의 눈이 점점 빛을 잃어 멍하니 고정됐다. 내 머리 안에서 폭죽이 터지고 심장은 아드레날린이 가득한 피를 온몸에 펌프질해댔다. 놈을 가지런하게 눕힌 다음 담요를 얼굴까지 씌웠다. 나는 산뜻하게 감방을 나왔다.

4호실 독방에서 문을 톡톡 쳐서 나를 불렀다. 나는 문 앞에서 물었다. 뭐야, 새끼야. 담당님, 옆 방 말예요, 5호실, 목이라도 매달았는지 발버둥치는 소리가 들렸어요. 나는 5호실을 들여다보고 다시 4호실로 왔다. 잘 자고 있으니 신경 꺼. 5호실이 악몽을 꾸고 몸부림친 모양이야.

교도관실에서 얼굴과 옷을 점검했다. 갈아입었던 옷은 사물함에 넣고 자물쇠를 잠갔다. 몸은 가벼웠다. 욕망을 채운 어린아이처럼 느긋했다. 나는 사동 입구에 놓인 의자에 앉아 긴 복도를 지켜보았다. 두 구의 시신을 안은 감방까지 모두 내 통제 아래 놓였다. 아침 여섯 시가 가까워졌다. 이곳을 떠나야만 한다는 사실이 아쉬웠다. 여긴 내 격투장이었다. 최초의 살인을 저지른 곳. 내가 처벌권을 행사한 곳. 내가 처형한 기념물을 모신 장소.

　여섯 시 정각에 교대자가 왔다. 우리는 형식적인 인수인계를 마쳤다. 수감인원이 제일 중요하다. 총원 몇 명에 현재원 몇 명. 나는 교대자에게 1호방과 5호방은 몸이 좋지 않아 드러누워 있다고 말했다. 그 자식들이 아침 배식 때까지 깨우지 말라고 내게 부탁했어. 기상 시간은 6시 40분, 아침 식사는 7시 30분이다. 교대자가 물었다. 어디가 좋지 않은데? 몰라, 저 새끼들 배알 꼴리는 대로니 믿을 수가 있나. 감기몸살인지 담요를 머리까지 올리고 자고 있다니까.

　교대자가 말했다. 살아는 있는 거야? 그는 말을 해놓고 자신의 싱거운 말이 우스워 미소를 지었다. 그럼, 살아 있지. 내가 좀 전에 확인했으니까 괜히 건드려 시끄럽게 하지 말고.

　나는 교대자에게 손을 들어 인사하고 사동을 빠져나왔다. 침착하게 보안과로 가서 사복으로 갈아입었다. 내벽에 붙은 통문 앞에서 지문 확인기에 오른 손가락을 넣자 이름과 사진이 떴다. 밤을 새운 동료들이 지친 얼굴로 빠져나가자 주벽 앞 정문에서 경비병이 신분증을 다시 확인했다. 나는 서두르지 않았다. 길어야 10분이면 끝나는 탈출이었다.

　아침 9시 정각에 내가 쓴 성명서가 언론사로 가도록 메일을 예약 발송해두었다. 돈은 모두 찾아 현금으로 곳곳에 분산해놓았다. 검은 비닐에 돈뭉치를 싸서 야산의 바위 밑에도 뒀다. 외국으로 나갈 생각은 없다. 이 나라에 처형해야 할 사악한 놈들은 차고 넘치니까. 두 놈은 이미 내 목록에 예약해두었다. 한 놈은 스물네 살에 룸카페에서 여자를 폭행해 죽인 놈이다. 자기 뜻대로 안 해준다고 얼굴을 엉망으로 만들고 귀를 잘라냈다. 아버지가 빌딩 두 채를 갖고 있다고 그랬나. 심신미약에 우울증을 붙이고 유족에게 엄청난 금액으로 합의를 봐 고작 징역 6년으로 판결났다. 그러나 죽은 이와는 합의가 되지 않았다. 사람이 죽었는데 서른 살에 사회에 풀려나서 즐겁게 산다는 건 곤란하다. 그건 정의롭지 못하다. 또 한 놈은 비 내리는 밤에 대학가에서 20대 여성만 골라 퍽치기를 한 놈이다. 징역 15년을 받았지만 작년에 출소했다. 피해자 중에는 정신이상이 되었거나 폐인이 된 사람도 있다. 15년으로 그 죗값을 때울 수는 없다. 이놈들이 다음 타깃이다.

언론사에 보낸 메일에 내가 나라를 대신해 사형 집행을 행사했다고, 나 자신이 봐도 낯간지럽게 써놓았다. 피해자를 대신해 정의를 실현했으며 국가가 그런 악마까지 먹여주고 재워줄 이유는 없다. 뭐, 절반은 진실이다. 살인 충동을 견디지 못해 저질렀습니다, 이렇게 말할 수는 없지 않은가. 인간은 위선의 동물이니 정의의 여신이 그 정도쯤은 관대하게 이해해주지 않을까. 언젠가는 내 자서전도 보내줄 생각이다. 어쩌면 책이 많이 팔릴지도 모른다. 택시를 탄다. 멀리 강원도에라도 가냐고? 사람이 숨기에는 번잡한 도심이 좋다. 아무도 옆에 사는 사람을 신경 쓰지 않는다. 총으로 탕탕 적을 죽이는 배틀 그라운드 게임을 하면서 피시방에서 시간을 때워도 좋다. 변장은 그렇게 어려운 기술이 아니다. 안경과 수염과 모자와 머리카락을 최신 스타일로 다듬으면 딴 사람이 된다. 이미 방도 두 곳에다 구했다. 월세를 육 개월 선불로 냈으니 집주인은 아무런 신경을 쓰지 않을 것이다. 핸드폰과 카드, 인터넷을 모두 끊었다. 나는 디지털 부호로 가득 찬 이 세상에서 사라져 문명에서 벗어난 순수한 사피엔스로 돌아갈 생각이다.

한 달 쉬었다가 다음 처형을 하러 나갈 계획이다. 나는 완벽하게 사라진 다음에 다시 부활할 것이다. 기다려주길 바란다.

축제의 끝

흰옷을 입은 시녀가 나를 둥근 천장이 있는 방으로 안내했다. 나는 스테인드글라스를 통해 들어오는 푸르고 붉은빛 가운데 섰다. 어둑한 방에 던져진 깊고 심오한 빛은 오래된 방의 역사를 말해주는 것 같았다. 방은 빛 속에 가라앉는 먼지조차 조심히 닿을 만큼 조용해, 숨소리조차 크게 울렸다. 오묘한 빛과 정적에 포위된 나는 숨을 깊게 내쉬면서 쿵쿵 뛰는 마음을 다스렸다. 자주색 띠를 맨 시녀가 들어와 나에게 흰 수도복을 입히고 허리띠를 매주었다. 열 시를 알리는 종소리가 들리자 시녀는 나를 바레타 축제위원회로 데리고 갔다. 우리는 큰 복도를 지나 세 갈래 길이 나뉘는 곳에서 똑바로 걸어갔다. 타원형 문이 보이자 나와 시녀는 그 앞에 섰다. 오래된 나무로 만든 문은 묵직한 윤이 났다. 시녀가 문을 두드리자 문이 천천히 열렸다.

축제위원장은 자주색 옷을 입고 같은 색깔의 두건을 쓰고 있었다. 긴 탁자의 중앙에 놓인 나무의자에 앉은 그는 들어서는 나를 무심하게 바라보았다. 나는 왼쪽 무릎을 꿇고 머리를 깊숙하게 숙여 경의를 보였다. 위원장의 오른쪽과 왼쪽으로 세 명씩 앉은 위원들은 흰옷을 입고 있었다. 이 방에는 기원을 알 수 없을 만큼 오래된 바레타 축제의 장엄함이 배어 있었다.

위원장은 허리를 펴고 두건을 젖히며 나를 쏘아보았다.

"어느 손인가?"

나는 오른손을 들어 축제의 여신에게 나를 바친다는 표시를 올렸다. 위원장은 흡족하게 고개를 끄덕이고 왼편과 오른편의 축제위원을 향해 눈빛으로 의견을 물었다. 그는 축제위원의 응답에 만족한 미소를 띠고 내게 여신을 만나는 소감을 물었다.

"최상의 기쁨이자 최고의 슬픔이죠."

나는 의례서에 나온 구절로 대답했다. 잠시 숨을 멈추고 고개를 숙인 채 뒷걸음치며 방을 나왔다. 둥근 천장이 있는 대기실로 돌아오자 시녀가 오른손에 흰 팔찌를 채웠다. 그 팔찌는 오른 손목이 잘릴 때까지 손에 꼭 붙어 있을 것이다.

왼손을 들면 방의 공기는 얼어붙고 기다리는 시녀는 새파랗게 질린다. 왼손을 들면 위원장은 오랜 침묵 끝에 어떤 일이 일어나는지 알려주고 마지막으로 뜻을 바꿀 생각이 없는지 묻는다. 나는 바레타 축제에서 왼손을 든 사람의 몰골을 보았다. 그는 지하도에서 검은 수도복을 입고 두건을 쓰고 들리지 않는 리듬에 맞춰 좌우로 몸을 흔들고 있었다. 그가 왼손에 찬 종이 딸랑딸랑 울렸고 길을 지나는 사람은 전갈의 독침을 피하듯 그를 멀리 돌아 지나갔다. 눈이 먼 그는 의미 없이 왔다 갔다 발걸음을 옮기며 짐승처럼 끄윽끄윽 소리를 내었다. 뭔가를 말하고 싶어 울린 목청은 헛되이 주저앉았다. 그러다 갑자기 괴성을 지르며 축제를, 누군가를, 이 세상을 저주하는 몸짓을 펼쳤다.

도시에 사는 누구도 검은 수도복을 입은 사람에게 음식을 주거나 말을 해서는 안 된다. 또 그를 해쳐서도 안 된다. 축제위원회에서 하루에 한 번 그에게 물과 검은 빵 하나를 주었다. 그는 망령처럼 보름 동안 도시를 떠돌다 멀고 먼 사막으로 끌려간다. 사막에서 그가 어떻게 되는지는 알려져 있지 않다. 주민들은 손을 묶고 몸에 꿀을 발라 사막개미에게 던진다거나 말에 매달고 죽을 때까지 끌고 다닌다는 따위의 갖가지 추측을 하였다. 어떻게 최후를 맞는지가 알려지지 않아 사람의 공포심과 상상력을 더 자극했다. 사막 끝에 있는, 나무 한 그루 없는 바위산 지대를 지나 지하에 있는 검은 도시로 잡혀간다는 말도 있다. 검은 도시가 사막 너머 어디 있는지 알 수 없지만 사람들은 검은 도시라는 말을 들으면 땅이 꺼질 듯 몸을 부르르 떨며 손으로 악령을 쫓는 성호를 그었다. 검은 도시는 악과 죽음과 한꺼번에 터지는 불행의 상징이었다.

이런 처벌을 받지만 축제위원장 앞에서 바레타 축제의 신에게 바쳐지기를 거부하는 사람은 간혹 있었다. 이상한 일이었다.

거부하는 사람은 바로 발언권을 박탈당하고 격리되어, 왜 그가 축제를 거부했는지 사람들은 이유를 알 수 없었다. 검은 도시와 관계있다는 곡절 모를 말만 떠돌았다.

바레타 축제는 오 년에 한 번 열렸다. 아득하게 오래전부터 내려오는 의식이다. 축제가 열리면 모든 주민이 투표를 해서 남신과 여신을 뽑았다. 가장 인기가 높고 매력적인 배우나 가수가 신으로 뽑혔다. 또 남신에게 바쳐질 미혼 여자 일곱 명과 여신에게 바쳐질 미혼 남자 일곱 명을 주민 중에서 추첨으로 뽑는다. 남자와 여자 제물 모두 궁전으로 들어가면 머리부터 발까지 몸의 털을 모두 깎는다. 새로운 제물의 탄생을 알리는 정결한 의식이다. 도시에서 가장 높은 언덕에는 성스러운 흰색의 궁전 두 채가 서 있고 궁전 앞에는 붉고 단단한 나무로 만든 제단이 있다. 축제의 중요한 의식에는 나무를 쓴다. 이 또한 오래된 관례다. 언덕 중턱에는 다듬은 잔디밭이 깔렸고, 사람 키만한 각이 선 검은 돌이 수십 개 나란히 언덕을 한 바퀴 둘렀다. 검은 돌은 땅 밑 깊은 곳 기반암에 박혀 있다고 한다. 캐낼 수 없을 만큼 깊게 박힌 검은 돌은 악마에게서 공포의 세례를 받았는지 사람들을 두려움에 떨게 했다. 주민들은 검은 돌 근처에도 가지 않았고 바라보는 것조차 싫어했다. 검은 돌을 지나 언덕 꼭대기에 있는 궁전은 두 채 모두 정확한 대칭이고 궁전 자체도 중앙의 돔을 잣대로 대칭이었다.

제단은 일곱 개의 검은 돌로 둘러싸여 있는데 제단 받침대의 네 옆면은 금을 입히고 검은색 테가 둘려 있다. 윗면에는 흰색으로 칠한 두꺼운 직사각형 나무판이 놓여 있다. 축제는 49일 동안 열린다. 궁전으로 들어온 남자 제물 일곱 명은 한 사람마다 일곱 날씩의 기한을 받아 여신을 지배할 수 있었다. 제물인 남자는 일곱 날 동안 여신에게 마음대로 사랑을 표시해도 좋다. 제물인 남자는 주인으로 변해 가장 음탕한 방식에서 제일 애틋한 방법까지 모두 허용된다. 그동안 여신은 제물의 노예다. 남신과 제물인 여자 일곱 명 또한 똑같다. 마지막 일곱째 날에 제물은 제단에 바쳐진다. 제단에 놓인 제물은 손목과 발목이 예리하게 절단되어 있다. 너무 날카롭게 베여 꼭 붙어 있는 것만 같다. 얼굴에는 자주색 천이 덮이고 그 천은 가슴과 배를 지나 발목까지 T자형으로 놓인다.

제물이 죽으면 주민들은 영상으로 그 모습을 본다. 카메라가 건조하게 제물의 전신을 비춘다. 죽은 제물은 반드시 흑백으로 비쳐지며 붉은 피 한 방울 흘리지 않아 다음 축제 순서에 벌떡 뛰어들 것만 같다. 이렇게 제물이 하나씩 죽을 때면 춤과 노래와 술이 도시를 휘감고 축제 열기는 펄쩍 한 단계 뛰어오른다. 48일째 되는 날은 온 도시에 팽팽한 긴장과 처절하기까지 한 음란한 기운이 흘러넘친다. 도시의 공기도 신음소리를 내는 것 같고 사람들의 입술은 비틀어지고 눈은 뭔가를 엿보듯 주위 사람을 훔쳐본다.

마지막 49일째는 모두가 쉰다. 거리는 사람들로 넘쳐나고

술도 마시지 않은 사람들이 대낮부터 취한 듯 비틀댄다. 사람들은 거리를 배회하고 해가 지기를 기다리며 입맛을 다신다. 목은 타고 눈은 뻘겋게 타올라 폭동이라도 일어날 기세다. 마지막 제물이 바쳐지고 해가 지면 주민은 바닛이라는 약을 먹는다. 마약이나 흥분제 따위의 천박한 말로 바닛을 일컫는 것은 바닛을 모욕하는 짓이다. 바닛은 마약 이상의 약으로, 심연에서 햇빛 아래로 튀어나오기를 기다리는 영혼을 흔들고 뒤섞어 새로 주조한다. 바레타 축제의 마지막 날에는 길고 긴 카니발 행렬이나 사람 혼을 부추기는 타악기 소리나 독한 술은 없다. 바닛이 있는데 무엇을 더 하랴. 모든 주민이 바닛의 축복을 피할 수 없다. 얼굴이 검버섯으로 덮이고 발을 질질 끄는 늙은이도 바닛을 찾아 헉헉대며 도시로 내려온다. 바닛은 도시의 하늘을 축포로 채우고, 모든 건물을 새하얀 대리석을 입힌 성으로 바꾸며 모두를 매력이 철철 넘치는 사람으로 변신시킨다. 바닛은 두뇌의 감정을 다스리는 몇 곳에 신비롭게 작용해 수치심과 혐오감을 없애고 일상을 뒤엎는 모험에 선뜻 뛰어들게 이끌었다.

마지막 밤이 오면 이상하게도 타지에서 온 멋진 남녀가 도시의 골목과 광장을 채운다. 외래객은 바레타 축제에 물든 주민을 좋아하고 주민들도 외래객의 매력과 야성에 넘치는 눈빛과 몸에 빠져든다. 도시 주민은 새로운 외래객을 환영한다. 내일 아침 해가 뜨면 어차피 그들 외래객은 어디론가 사라질 테니까. 해가 지면 작은 가면을 얼굴에 쓴다. 눈썹에서 광대뼈까지 가리는 각양각색의 가면은 사람의 얼굴과 신분을 감추고, 누구도 그 가면 뒤의 모습을 상상하려 하지 않는다. 어쩌면 어미가 아들과, 아비가 딸과 섞일지도 모른다. 무슨 상관이랴. 그 모든 게 바닛이 부른 조화인 것을. 어떤 사람은 따스한 미풍이 부는 밤 거리에서 외래객이 섞인 수십 명의 여자와 남자와 지낸다. 광장과 거리와 골목은 엉켜 있는 남자와 여자, 여자와 여자, 남자와 남자로 흠뻑 찬다. 수백 수천 명이 한꺼번에 부대낄 때도 있다. 상상할 수 없는 모든 추악한 장면이 벌어지지만 누구도 강요하거나 억지로 상황을 벌이지 않는다. 주민들은 결백하며 바닛이 그 모든 일을 축제의 이름으로 대신하기 때문이다.

다음 날 해가 뜨면 마법은 사라진다. 사람들은 자기 집을 찾아가고 도시는 죽음과 같은 침묵에 빠진다. 세상은 다시 살아나고 시계 톱니바퀴는 정확하게 이를 맞춰 돌아가고 아침에 출근하여 밤이면 집으로 퇴근한다. 따분한 생활은 주민의 눈동자에 지치고 누런 기운을 불어넣고 사람들은 다시 오 년 동안 다음 축제를 기다리며 목말라한다.

이번 축제의 여신으로 타나가 뽑혔다. 영화와 드라마와 음악까지, 그녀는 스타 중의 스타로 남자라면 모두가 꿈에 그리는 여신이었다. 허벅지가 파이고 가슴선이 드러나는 드레스를 입은 그녀의 대형사진이 광장의 벽에 걸렸다. 술집과 식당의 창문에 그녀의 포스터가 붙었다.

제물로 뽑히기 오래전부터 나는 바레타 축제를 조사했다. 주

말이면 고서점을 순례했고 설계 일을 하는 틈틈이 자료를 찾았다. 바레타 축제를 다룬 책을 기획해서 낼 작정이었다. 축제가 어디서 시작되었는지, 여신과 남신이 49일째에 어떻게 되는지 알려주는 자료는 없었다. 바레타 축제엔 몇 가지 터부가 있는데 가장 큰 터부가 여신과 남신의 행방에 관한 질문이었다. 그래도 남신과 여신의 비밀스런 행적에 관한 모종의 기록이 있을 법하다고 기대했다. 나는 여신도 바닛을 먹는지, 그렇다면 혹시 여신이 하얀 궁전에서 내려와 얼굴을 가리고 광장에서 사람과 어울리는 것은 아닐지 상상했다.

친구인 K도 바레타 축제를 조사했다. 문헌학자인 그는 집 안에 축제 관련 책을 가득 쌓아놓고 있었다. 나와 K 둘 다 지독하게 책을 좋아했다. 교과서와 강의록 모두 전자책으로 바뀐 지 오래되어 고서적을 모으는 취미는 옛날 화폐나 오래된 악기를 모으는 것처럼 한량들의 값비싼 취미로 취급되었다. 책을 갉아먹는, 눈에 보이지 않는 작은 벌레가 나타나 번성했고 벌레는 건강을 해친다며 여자들은 집에 책을 들여놓을 때마다 기겁했다. 정보를 얻으려면 중앙도서관과 연결된 전자책으로 충분했다. 전자책은 가격이 쌌으며 언제든지 내려받을 수 있었고 수백 수천 년 전의 책도 원본과 현대어 판본을 함께 보여주었다. 마침내 고약하고 괴팍한 사람이 지니는 대표적인 취미에 고서적 수집이 올랐다. 사귀는 사람이 그런 취미를 가지고 있다면 절교당하기 일쑤였다.

K가 나를 보자고 한 것은 축제가 시작되기 두 달 전이었다. 그는 도시의 북쪽 폐허에서 발굴된 여러 채의 집 서재에서 책들이 은밀하게 흘러나온다는 정보를 얻었다. 발굴팀은 고서적을 빼돌려 부수입을 올리고 있었다. 그 책들은 대부분 책이라는 유형의 몸체를 가지고 있다 뿐이지, 내용은 이미 전자책에 실려 있어 문헌학적인 가치는 없었다. 전자책은 원본을 깨끗하게 사진으로 찍어 책 모양 그대로 올려놓아 원래의 책보다 더 선명하고 눈에 잘 들어왔다. K는 빼돌린 책더미를 고서점의 지하창고에서 살펴보았다. 고대의 정치와 전쟁에 관한 책들이 많았다. 소설책과 역사서도 제법 되었다.

K는 경제 잡지를 모아 편집한 책을 발견하고 스르륵 책장을 넘겼다. 표지는 딱딱했다. 출판사가 아닌 개인이 손으로 만든 책으로 보였다. 그 책 중간에 바레타 축제에 관한 글이 교묘하게 편집되어 들어 있었다.

K는 숨을 가쁘게 쉬며 내게로 달려왔다. 글은 바레타 축제가 오래되었고 신비하지만 추악한 기원을 갖고 있다는 말로 시작하였다. 우리는 문을 잠그고 창문의 커튼을 치고 책을 펼쳐 보았다. 글은 축제의 기원을 고대어로 기술하기 시작했다. 글을 살펴본 K는 고대어와 외국의 사라진 언어 몇 개를 섞어 암호처럼 만든 글로 추정했다. 여신과 남신의 행방에 관해서는 역시 다른 나라의 고대어로 짧게 쓰여 있었는데 마침 K는 그 언어에 관해 논문을 쓴 터라 그 말을 읽을 수 있었다. K는 끙끙대며 머

리를 굴리더니 이런 말을 중얼거렸다.

"여신의 행방은 여신이 알리라."

나는 무슨 말을 들을까 긴장한 나머지 단순한 동어반복을 듣자 방을 덮은 팽팽한 기운을 날리는 웃음을 터뜨릴 수밖에 없었다. 나는 같은 말을 되풀이한 문구에 지나지 않는다고 했지만 K의 생각은 달랐다. K는 이 말의 과거완료와 진행형이 어떻고 하며 문법을 늘어놓더니 이 말은 여신이 축제가 시작될 때 자신이 어떻게 되는지 이미 알고 있다는 말이라고 했다. 축제를 시작하고 49일 동안 여신과 남신이 하얀 궁전에서 제물과 같이 지내는 건 신이 죽지 않거나 다른 곳으로 간다는 뜻일 수도 있었다.

K는 바닛의 유래와 정체를 찾기 위해 계속 자료를 뒤졌다. 이 걸쭉한 검은 액체는 불가사의하게 단 하루 동안 도시에 나타났다 사라진다. 바레타 축제는 이 음료를 향한 욕망이기도 했다. 임종을 앞둔 노인까지 나와 주름 잡힌 얼굴에 미소를 지으며 떨리는 손으로 젊음과 맥동의 영약을 움켜쥐었다. 바닛을 마시면 또 하나의 내가 육체에서 분리된다. 분리된 정신인 내가 살아 움직이는 현실의 나를 관찰한다. 분리된 의식은 또렷하고 명쾌하다. 바닛이 현실의 몸을 한 바퀴 돌면서 강렬한 기쁨과 열망을 선사한다. 바닛이 몸을 한 바퀴, 두 바퀴, 아홉 바퀴 계속 돌면 기쁨과 열망은 끝없이 커져 나는 순수하게 정제된 쾌락 그 자체가 된다. 분리된 정신은 현실의 내가 겪는 기쁨에 데

워지고 같이 즐기지만, 자기 정체를 잃지는 않는다. 분리된 나는 현실의 내가 쾌락에 쓰러지지 않도록 붙잡는 지지대이다. 축제 장소 곳곳에 설치된 은빛 통에는 어미돼지의 젖꼭지처럼 여러 개의 관이 연결되었고, 관 끝에 붙은 스위치를 돌리면 검은 액체가 흘러나왔다. 그 액체만으로는 부족했다. 바닛을 담은 황금색 잔을 오래된 주점에 들고 가면 비법으로 알려진 노란 시럽을 타줬고 두 개가 합쳐져 우리를 마법의 세계로 끌고 갔다. 그러나 그 은빛 통이 어디서 오는지 아무도 몰랐다. 몸에 들어갔던 액체는 우리가 깨어난 후에도 시간을 측정하는 리본을 달고 있는지, 오 년이 가까워지면 우리는 헛헛한 갈망에 시달렸다. 바닛을 마시기 며칠 전이 되면 창자까지 곤두섰고 마지막 하루가 되면 바닛을 마실 수 있다면 지옥이라도 부숴버릴 태세였다.

구멍이라도 낼 것처럼 눈을 번쩍이며 서적을 들추던 K는 신음처럼 내뱉었다. 바닛은 검은 도시에서 오는 거야. 희미하게 떠도는 전설이 있지. 사막을 지나 붉은 바위산맥을 건너고 계곡을 따라가면 번개가 지키는 문이 나오고, 검은 문 아래 지하에 검은 도시가 있다고 하지. K는 책을 덮었다. 그는 수염을 만지며 고대어와 암호를 빨리 풀 수 있는 방법을 찾고자 골몰하고 있었다.

K에게는 어릴 때 온갖 기계를 뜯어보던 참지 못할 호기심이 그대로 남아 있었다. 나와 K는 소리와 그림을 보내주는 모

든 기계를 망가뜨리고 살펴보았다. 소리를 내는 오디오는 우리의 험악한 손아귀에 몇 번이고 뜯겨 다시 조립되었으나 원래의 소리는 영영 사라지고 말았다. 오븐도 우리의 마수를 벗어나지 못했다. 오븐은 우리의 손을 거치고 나자 온도 조절기에 오차가 생겨, 10도씩 숫자를 올려야 원래 맞추고 싶은 온도가 되었다. 우리는 K의 집 뒷마당에 있는 창고에서 모형 비행기와 자동차를 만들었고, 무전으로 조종할 수 있는 작은 잠수함도 띄웠다. 우리가 일요일 아침과 점심을 창고 안에서 주먹밥으로 때우며 부수고 조립하고 끼우는 일을 하노라면 부모들은 우리가 프랑켄슈타인이라도 만드는지 걱정스럽게 창고 안을 들여다보았다.

K는 대학에 가면서 이런 호기심을 고대어와 문헌정보로 돌렸다. K는 기침을 해대며 낡은 책 속에 파묻혔고, 그의 집 이층은 바닥과 벽과 천정까지 큰 뱀의 몸통처럼 구불구불 쌓아놓은 책으로 바닥이 내려앉지 않을까 그곳을 찾는 사람을 두렵게 만들었다. 나는 K보다 관심의 폭을 줄여 몇 가지 주제에만 집착하게 되었고 K는 내가 관심을 두는 모자의 역사와 조개 종류를 보면서, 이제 평범한 인간으로 전락한 젊을 때의 천재를 회상하는 눈빛으로 안타깝게 바라보았다. 그는 사람이 어떤 모자를 쓰든 인간의 삶이 달라졌을까 하며 나에게 의문을 표시했고, 수천, 수만 개의 조개를 분류하는 복잡한 방식에 어이없어했다. 내가 타나에게 푹 빠져 그녀가 출연한 영화와 드라마를 모으자

K는 나에게 코웃음을 날렸다.

　내가 K에게 너의 채울 수 없는 호기심이 너를 불행하게 만들 거라고 빈정대면 K는 너도 마찬가지지 하며 응수하였다.

　마침내 그와 내가 함께 하는 호기심은 바레타 축제로 한정되었다. 그러나 바레타 축제에 바쳐진 남신과 여신의 행방과 바닛의 기원은 우리에게 모습을 드러내지 않았다. K와 내가 썩은 시체를 산산히 분해하는 박테리아처럼 고문서와 옛 설화의 바닥을 뒤지며 쫓아다녀도 흔적조차 찾을 수 없었다. 결국 우리는 누군가 바레타 축제 자료만 몽땅 골라내어 깊은 땅 속에 묻어버렸다고 생각하기에 이르렀다. 너무 깨끗하게 사라져, 바람에 실린 속삭이는 목소리 같은 몇 자락만 희미하게 손에 움켜쥐었고 그 자락조차도 탈색되고 말라 뒤틀어져 우리에게 비밀의 상한 조각만 전했다. 우리는 헛헛하게 웃고 밤참을 먹으며 무엇이 축제를 이토록 비밀스럽게 만들었는지 괴상하고 신비한 가설을 만들곤 하였다.

　K는 힘들게 구한 고서적을 하늘에서 따 온 별처럼 소중하게 가슴에 안았고, 문장 속에 담겨 있을 비밀을 빨아 마실 행복한 기대에 몸을 떨며 집을 나섰다. K가 충혈된 눈으로 밤과 낮을 가리지 않고 문자를 음미하고는 검은 도시가 생각보다 가까운 곳에 있을 것 같다는 소식을 전한 다음 날 아침, 나는 현관문 앞에 흰 색 세단이 멈추는 것을 보았다. 세 명의 흰 옷을 입은 남자가 내렸고 그들의 흰 색 구두가 아침 햇살에 유난히 반

짝거렸다. 허리에는 바레타 축제의 일꾼임을 나타내는 자주색 띠가 단단하게 매어 있었다. 나는 그들의 안내에 따라 차에 탔고 일꾼은 집에 흰 띠를 두르고 이곳이 바레타 축제에 제물을 바친 집이라고 표시하고 집을 봉쇄했다.

차는 천천히 언덕을 향해 올라가기 시작했다. 나는 차 유리를 통해 멀어져가는 도시를 바라보았다. 도시는 제물이 여신을 만나 지낼 밤과 낮을 고대하며 기쁨에 떨었고, 다시 제단에 바쳐질 마지막 날을 떠올리며 슬픔에 잠긴 듯 보였다. 가슴이 울렁대자 나는 스스로에게 두려운가 물어보고 대답을 찾기 위해 가슴에 손을 얹었다.

차는 검은 돌 앞에 섰다. 나는 돌아올 수 없는 검은 돌을 지나 흰색 궁전으로 향했다. 새하얀 대리석으로 만든 복도가 이어졌다. 새하얀 옷을 입고 있어 허리에 맨 자주색 띠가 아니었다면 복도에 붙은 부조처럼 보였을 시녀 세 명이 무릎을 꿇고 나를 기다리고 있었다. 그날 밤 궁전의 큰 창이 있는 방에서 나는 도시 광장에 바레타 축제의 전야제를 알리는 불이 피어오르는 것을 보았다. 북소리가 쉬지 않고 울렸다. 멀리서도 일렁대는 불빛과 북소리는 축제의 시작을 알리며 주민들의 피 속에 사악하면서 명랑하고, 순백하면서도 음란한 기운을 불어넣고 있었다.

세 번의 축제를 겪으며 내 인생은 축제를 기준으로 달라졌다. 광기와 광란으로 뒤덮인 밤이라는 늪에서 빠져나와 규칙과 자제로 뒤범벅된 직장과 학교로 돌아가 냉엄하게 질서를 지키는 생활을 하는 경험은, 나를 오 년마다 허물을 벗고 새로 탄생하는 생물로 만들었다.

도덕과 처벌의 위험에서 풀려난 인간이 지옥의 하루에서 벌이는 일을 보고, 나머지 오 년 가까이를 단단하고 균형 잡힌 질서 속에 천사처럼 사는 삶을 되풀이하면 이미 수십 번의 인생을 윤회하여 살아버린 착각에 빠졌다. 모든 주민이 바레타 축제가 열리는 오 년 주기로 학교와 직장, 결혼, 육아를 생각했고, 총각과 처녀들은 결혼식을 올리기 전날 밤 바레타 축제에 제물로 바쳐질 기회를 영원히 상실하는 선택이 과연 올바른 것일까 하는 번민에 휩싸였다.

마지막 축제 주일이 시작되었다. 나는 추첨에서 마지막 주 희생물로 정해졌고 내 앞의 제물이 하나씩 제단에 올려지는 모습을 찬찬히 지켜보았다. 마지막 주가 시작되는 아침에 시녀들이 보석이 박혀 있는 커다란 욕실로 나를 데리고 갔다. 푸른빛이 도는 온천물에 목욕을 하고 흰 옷을 입고 머리에 길고 좁은 모자를 썼다. 허리에 작은 주머니를 찼는데 그곳에서 말할 수 없이 은은하고 상큼한 향기가 뿜어져 나왔다.

두 명의 시녀는 나를 접견실로 모시고 갔다. 방에 들어서자 타나가 일어나 손을 이마에 대고 무릎을 꿇었다. 일곱 명의 시녀가 나를 둘러싸고 시녀장이 전해온 주문을 외웠다. 오, 신성한 바레타 축제의 제물이여. 너희가 내놓은 피와 살은 축제의 횃불이며… 로 시작하는 주문은 높아졌다 낮아지면서 운율을 타고 길게 이어졌고 마지막 고비를 넘자 타나가 날이 뭉툭하고 오팔로 손잡이를 장식한 칼과 독사가죽으로 만든 채찍을 바쳤다. 일주일간 나를 주인으로 모시고 노예로 복종하겠다는 의식이었다.

시녀가 물러나자 나는 타나의 얼굴에 드리운 베일을 벗기고 일으켜 세웠다. 그녀는 눈을 깔고 손을 모으고 조용하게 서 있었다. 우리는 옆의 응접실로 가서 검은 가죽 소파에 앉았다. 타나에게 이제 본래의 모습대로 돌아와도 된다고 하자 여자는 어떤 타나의 모습을 말하는가요, 물었다. 타나는 수십의 가면을 쓴 여자였다. 나는 그녀가 나온 영화 열한 편과 드라마 여덟 편, 세 편의 연극, 뮤직 비디오 열일곱 편을 외우다시피 하고 있었다. '마지막 나날'에 나온 타나는 신비하고 청초했으며, '흰색 뼈를 지닌 고양이'에선 요부로 나왔다. '적과 흑이 교차하는 네 개의 깃발'에서는 비밀을 파헤치는 탐정으로 변신하였다. 타나가 출연한 영화와 드라마는 비슷한 이미지가 없었고, 과연 같은 여자가 맞을까 싶을 만큼 그녀는 변신의 천재였다.

타나는 연극배우로 처음 세상에 나타났다. 무척 대사가 많은 말괄량이 여자로 나와 자신을 아끼는 교수와 얽히는 소동을 벌이다 마지막에는 결혼하는 역이었는데, 장면에 맞게 저음에서 고음까지 자유롭게 변하는 발성과 교묘한 손짓은 곧 그녀가 스타에 오를 재목임을 보여주었다.

나는 타나가 출연한 열한 편의 영화 대사를 음미하며 하나씩 들려줬고 여자는 귀 기울이며 대사와 장면에 얽힌 에피소드를 얘기했다. '흰색 뼈를 지닌 고양이'에서 남편을 차로 치는 장면을 연기하다 발목뼈를 다쳤고, 드라마 '천국의 최후'에서 상대역으로 나온 인기 절정인 상대편 남자 배우의 야비한 버릇을 얘기해주었다. 여자는 처음으로 전라로 나온 영화 '세 번 죽은 여자'에서 촬영장인 2층 저택을 모두 비우고 조명을 설치한 기사까지 자리를 비켜 감독과 촬영감독, 배우만 있었는데도 같은 장면을 일곱 차례나 찍어 침대가 흥건히 젖었던 수줍은 경험을 내 손을 잡고 다정하게 전했다. 그녀는 자신의 히트곡을 부르고 이국의 춤을 췄고, 나에게 유행하는 바차타 댄스를 가르쳤다.

저녁에는 토마토 퓨레로 만든 젤리와 해산물 세비체와 송로버섯이 나왔다. 묵은 화이트 와인을 따르자 디저트로 흰 접시에 놓인 아이스크림과 화이트 초콜릿이 놓였다. 황홀한 시간과 공간이 섞여 나의 죽을 운명조차 사라져 버린 듯했다. 하루의 시간은 촘촘하게 공간을 잘라 넣어 나는 바늘 같은 시간의 틈 안에서 영원과 같은 이야기와 노래와 춤을 즐기고 있었다.

나는 붉은 비단 망사를 내린 둥근 침대 위에 누운 왕이었고, 그녀는 노예이자 세헤라자드로 이야기를 만들고 주석을 달기도 하는 이야기꾼이었다. 내가 택한 일주일이 세헤라자드의 천일하고도 하루보다 곱절이나 긴 것 같았다.

어느 날 시녀장이 식탁 앞에서 종을 일곱 번 울리자 나는 내일 아침에 목숨이 다른 세계로 넘어간다는 것을 깨달았다. 그때 나에게 죽음이란 의미가 없었다. 나는 타나의 상아빛 피부와 고운 목소리에 죽음의 바다를 건넜고 고통의 윤회를 끊었으며 욕망의 종식을 맛보았다.

그렇게 최후를 맞는게 옳았으리라. 허나 나는 비밀을 파헤치는 악귀에 들려 있었다. 고서적에서 들은 말이 내 가슴에서 벌레처럼 스멀스멀 기어나왔고 나는 그 망령이 자유롭게 고개를 쳐들도록 내버려 두었다.

"궁금한 일이 있소만?"

"네. 주인님." 타나는 나를 주인님으로 불렀다. 입력된 것처럼 다른 이름으로 부르라고 부탁하고 명령해도 소용없었다.

"당신의 운명은 내일이 지나면 어떻게 되오."

"내일이 끝나면 저의 목숨도 사라져요."

나는 여신과 함께 이 세상 끝까지 여행을 하게 되어 안도했다. 안도하면서도 나의 무자비한 마음에 소스라치게 놀랐다. 타나가 길고 따스한 삶을 살도록 간구해야 마땅하지 않은가. 한편으로 나는 이렇게 변명했다. 다른 사람의 생명과 동행한다는 건 추악한 생각일지 모르지만 축제의 끝은 그렇게 정해져 있으리라 예견했기에 어쩔 수 없는 운명이었다고. "여신의 운명은 여신이 알리라"라는 신비한 말에 다시 마음이 끌렸다. 타나에게 이 말의 뜻을 묻자 그녀는 놀라워하며 그런 괴상한 말에 마음 쓰지 말라고 권했다. 나는 주인으로 당신은 내게 복종할 의무가 있다고 역설했다. 내처 나는 검은 도시가 가까이 있다는 정보도 덧붙였다. 바레타 축제의 기원과 하룻밤의 영약인 바닛의 정체를 오래 추적해 온 이야기를 나눴다.

"만약 당신이 뭔가를 알고 있다면 주인에게 고백해야 하오."

타나는 일어나 거실을 서성였다. 그녀는 나의 요구에 따라 영화 '마지막 나날'에서 입었던 등과 가슴이 파인 검정 야외드레스를 입고 있었다.

행복하지 않은가요, 지금. 타나는 슬픈 목소리로 말했다. 그런 이야기가 마지막 밤을 보내는 영혼을 위한 성찬이 될 수 있을까요. 주인님만 아니라 저도 마지막 밤이에요. 나는 사람의 마음을 쥐었다 놓는 그녀 목소리의 마술에 놀아나지 않으려고 신경을 곤두세웠다. 그녀는 나를 바라보며 어쩔 수 없다는 듯 고개를 흔들었다. 그녀는 침실의 커튼을 내리고 촛불을 올렸다. 촛불은 일렁대며 그림자를 드리웠고 손에는 진땀이 배어나왔으며 이 모든 일들이 꿈속에서 겪는 환영처럼 느껴졌다. 타나는 사람의 마음을 탁 휘어잡는 율동 있는 목소리로 말을 시작하면서, 주인님은 언제든지 그만두게 할 수 있다고 조언했다.

아주 오래전, 인간은 요리를 하고 청소를 하며 운전도 해 주는 로봇을 만들었다. 로봇은 날로 성능이 개선되면서 인간을 대신해 훌륭하게 일을 처리했다. 마침내 인간이 완벽하게 통제된 인공 자궁을 만들고 그 속에서 유전자 검사를 통해 결함이 없는 아이를 만들어 내자, 인간세계에서 종족보존을 위한 성은 탈색되어 갔다. 그렇게 되자 그동안 법률로 금지되었던 인간을 위한 섹스로봇, 본이 만들어졌다. 본은 로봇이라고 할 수 없는 로봇 이상의 무엇이었다. 피부는 단백질의 완벽한 조합으로 투명하고 매끄럽고 탄력 있었다. 본의 목소리는 수백 성우의 표본에서 따오거나 목소리를 섞어서 새롭게 만들기도 하였다. 눈빛과 머리카락은 모두 고객이 원하는 취향, 그러니까 고대부터 지금까지의 완전한 이미지에 맞춰 만들었다. 무엇보다 본은 고객이 원하는 취향과 태도와 말투에 한 치도 어긋나지 않았고, 때로는 고객과 지내면서 일부러 긴장을 유발해 권태롭지 않게 하는 기술도 갖췄다. 남자와 여자 모두 자신이 이상형으로 삼는 본을 요청했고 실현되었다. 본은 인간에게 엄청난 인기를 끌어 수십 종류의 신 모델이 나왔고, 인간과 혼동할 만큼 뛰어난 성능을 지니게 되면서 인간은 인간을 저버리고 본과 잠자리를 같이할 지경에 다다랐다. 마침내 본이 현실의 남편과 아내, 연인의 자리를 차지해 버린 것이다. 몇몇 인간들은 본을 너무나 사랑한 나머지 본에게 인식능력과 자아를 심는 금지된 칩을 넣었고, 본은 스스로 자신을 생산할 수 있는 힘을 갖추면서 인간의 자리에 올라서려는 야심을 품게 되었다.

나는 타나의 이야기를 들으면서 검은 안개에 침범당하듯 불안한 기운에 휩싸였다. 찬찬히 말을 잇는 타나가 우리 속에 든 흑표범으로 변신했다는 착각이 들었다. 문이 열리자 흑표범은 몸을 쭉 뻗어 기지개를 폈다. 그리고 열린 문 앞에 나와서 나를 바라보고 있었다. 내가 도망가더라도 바로 덮칠 수 있다고 자신하면서 흥미롭게 나의 움직임을 관찰하고 있었다. 타나의 고백이 안고 올 미지의 결과에 섬뜩한 기운이 들었지만 이야기를 끝마치게 하지는 않았다. 비밀의 문을 열고 싶은 욕망이 다가오는 공포감을 압도하였다. 타나는 이야기를 계속 이었다.

어느 날 인간의 노예이기를 거부한 로봇 반란이 일어났고 그 반란의 주모자는 본이었다. 본은 더 높은 목표를 잡았는데 그들은 인간을 노예로 삼고 싶어했다. 본은 인간세계의 구석 구석에 깊숙하게 침투하여 신뢰를 받았기에 반란이 일어나고 24시간이 지나자 무서울 정도로 인간의 희생이 늘어났다. 어떤 도시는 본이 점령했고 어떤 도시에서는 도시게릴라로 변신하여 사람이 속절없이 죽어 나갔다. 인간정부는 본의 요구를 일부 들어주고 본의 지도자와 평화협정을 맺게 되었다. 인간은 그들에게 검은 도시와 에너지원을 함께 내줬고 본은 검은 도시 울타리 안에서 살게 되었다. 인간은 본을 그리워했지만 본이 일으킨 반란은 끔찍한 악몽이었다. 인간은 이제 로봇을 쓰지 않았고 로봇이 없던 시절의 문명으로 돌아갔다. 그리고 이 평화를 기념하기 위해 축제를 만들었다. 바레타 축제의 마지막 밤에는 검은 도시에서 본이 올라와 인간과 몸과 마음을 섞으며 일분일초를 아끼며 어울렸다. 단 하룻밤 허락된 시간이었다. 바닛은 하룻밤의 진실을 가리며 사람이 사람과 어울린다는 환상에 잠기게 하는 비약이었다.

　나는 손을 높이 치켜들고 타나를 노려보았다. 이건 어디에서도 듣지 못한 이야기였다. 이건 어떤 역사에도 나오지 않아. 어떤 비사에도. 타나는 머뭇거리지 않고 대답했다. 본과 인간 정부는 이 전쟁과 축제에 관한 기록과 모든 기억을 말살했어요. 그리고 축제의 비밀은 금기가 되었지요. 시간이 흐르자 비밀을 찾는 사람이 나타났지만 비밀을 구하는 사람은 처벌되었어요. 그래서 주인님은 축제위원회에서 추첨으로 뽑힌 것이 아니라 선택된 것이지요. 그럼 희생자로 바쳐진 사람은 바레타 축제의 비밀을 찾는 사람이란 말인가. 많은 사람이 그렇죠. 그들은 금기를 어기고 우리의 평화로운 종전을 위태롭게 하니까요.

　바레타 축제위원회로 가는 복도에서 검은 수도복을 쓰고 끌려가는 사람이 떠올랐다. 나는 사람의 묶인 손등에서 눈에 익은 흉터를 얼핏 보았다. 눈이 먼 사람은 지나치는 내 발자국 소리를 듣고 뭔가 뜻을 전하기 위해 끄억 괴상한 소리를 입 밖으로 내었다. 그 사람은 왼손을 들었던 것이다. 나는 혹시 하면서 뒤돌아보았으나 그 사람은 이미 멀리 가버리고 말았다.

　"그럼 검은 도시는 어디에 있는가." 나는 먼 사막과 바위 산맥을 지난 곳을 상상하였다.

　"이 언덕 지하에요. 검은 돌이 검은 도시의 표지예요."

　"그럼 바닛은?"

　"검은 도시의 본이 만들죠."

나는 바닷은 무엇으로 만드는가, 왜 본만 만들 수 있는 것인가, 하루만 바닷이 효력 있는 까닭은 뭔가 하는 의문을 떠올렸지만 눈앞에 닥친 현실에 더이상 질문을 이어 갈 수 없었다.

나는 자리에서 일어났다. 이런 엉터리 같으니라구. 어떻게 해서 당신이 이런 이야기를 안다는 말인가. 축제위원회가 당신에게 과거의 껍질을 벗기고 알맹이를 보여줬다는 말인가.

타나는 소름끼칠 정도로 아름다운 목소리로 말을 이었다. 그 얘기는 본 지도자가 고민했던 정거장을 하나 지나야 하죠. 본은 인간과 오랫동안 관계를 맺으면서 인간에게 매력을 느끼게 되었어요. 인간이 본에게 쾌락을 얻은 것처럼 본도 인간에게서 쾌락을 구하게 된 것이지요.

그래서 인간세계에서 가장 뛰어나고 아름다운 남자와 여자를 뽑아 검은 도시로 보내면 본은 그들을 복제해서 파트너로 삼았어요. 검은 도시와 인간세계가 같이 살 수도 죽을 수도 없이 지하와 땅에서 공생하며 보내는 49일. 아아, 그게 바레타 축제의 본질이에요.

나는 얼어붙은 강을 건너며 얼음이 쭉쭉 발밑에서 깨지는 소리를 듣는 것 같았다. 부르르 손이 떨리고 온 몸에 소름이 올라왔다. 그럼 너는, 너는, 타나가 맞는가.

"주인님, 전 타나와 같게 만든 본이에요."

얼음이 깨지며 나의 혼은 얼음 구덩이 속으로 쑥 굴러떨어졌다. 차가운 물살은 부글거리며 세차게 나를 끌고 갔고, 머리 위로 하얀 얼음벽이 끝없이 이어졌다. 나는 타나의 모든 작품을 보았고, 타나가 시상식에 서거나 공연을 할 때 앞에서 직접 보고 목소리를 들었다. 내 앞에 서 있는 여자가 타나가 아니라는 게 믿어지지 않았다. 나는 얼음벽을 뚫고 솟구치는 분노를 느꼈다. 한편으로는 타나와 같이 있었다고 착각하고 꿈같은 시간을 보낸 나 스스로가 원망스러웠다.

내가 주인이라면 너를 죽일 수도 있겠지. 나는 날이 뭉툭한 칼을 들었다. 주인님, 나와 타나 사이에 무슨 차이가 있나요. 오늘까지 주인님은 저를 타나로 아셨어요. 인간이 지닌 눈과 코와 귀의 감각은 본디 허약하기 짝이 없어요. 주인님의 시각과 후각과 청각, 그 감각이 모두 합쳐 저를 타나로 보았다면, 전 타나예요. 주인님이 비밀을 캐려고 하지 않았으면 전 저승 끝까지 영원히 타나였어요.

나는 칼을 든 손을 내리고 타나를, 아니 타나와 똑같은 본을 바라보았다. 그녀를 향해 침을 뱉고 싶었다. 그렇게 하면 그 침이 바로 내 얼굴로 떨어질 것 같았다. 나는 N극과 S극이 순식간에 바뀌는 거대한 자석에 사로잡힌 양 어느 쪽으로도 향하지 못하고 혼란에 빠져 속수무책으로 서 있었다. 새벽이 멀지 않았다. 도시는 바닷을 갈구하며 몸을 비틀고 혀를 빼어 물며 해를 서쪽으로 더 빨리 당기고자 몸부림 칠 것이다.

나는 거대한 슬픔을 느꼈다. 비밀을 품에 안은 슬픔은 목에서 가슴과 배를 지나 아래로 뻗어나갔고 나를 뻣뻣하게 만들었다. 나는 수백 년에 걸쳐 마을의 삶과 죽음을 지켜본 고목처럼 갑자기 늙어 버렸다.

　시녀장이 새벽을 알리는 마지막 종을 쳤다.

견습생 풍백風伯

신시(神市)에 소문이 쫙 퍼졌다. 환웅이 동물 중 하나를 골라 여자로 변신시킨다는 소문이었다. 소문은 서쪽 성문을 따라 들어와 마을과 상가를 한 바퀴 돌아서 재빠르게 신단수 우듬지와 궁전 담을 넘어 풍백 집무실로 건너왔다.

신시는 성벽이 없는 열린 도시였다. 사각형인 외곽을 따라 도로가 나 있고 동서남북으로 네 개의 성문이 서 있었다. 성문에는 아예 문이 달려 있지 않았다. 성문을 따라 들어오면 마을이 이어지고 내부 순환도로가 중심가를 둘러쌌다. 30길이 넘는 신단수가 중심가 동쪽에 자리 잡았고 그 옆에 환웅의 궁전이 있었다. 신단수는 매일 자신의 존재를 알리는 거대한 그림자를 신시에 던졌다.

견습생 풍백(風伯)인 탁은 집무실에서 며칠째 투덜거렸다. 풍백과 우사와 운사가 자신들이 데리고 있는 견습생에게 그 일을 맡겨두고 휴가를 가 버렸기 때문이다.

태양이 사정없이 달아오른 기운을 땅으로 내려보내고 신시에 깐 박석이 달궈져 발이 후끈거렸다. 땅에서 솟은 열기가 낮게 깔려 신시를 데웠다. 탁은 낮과 밤을 가리지 않고 불어대는 열풍에 몸이 축 늘어졌다. 탁은 청요산을 떠올리며 밤마다 몸을 뒤척였다. 그곳 계곡에서 이틀만 지내면 달아나는 잠도 돌아오고 몸이 싱싱하게 살아서 가뿐해졌다. 피서지는 계곡 깊이 숨어 있었다. 협곡 사이로 난 오솔길로 물소리를 들으며 백이십 길을 내려가면 맑고 푸른 소가 너럭바위 앞에 놓였다. 거기서 물보라를 맞으며 사다리를 타고 너럭바위 옆길을 오르면 피서용 오두막이 있었다. 청요산은 온통 그런 협곡으로 둘러싸여 어느 계곡으로 들어가도 사람을 찾기 어려웠다. 커다란 양치식물과 새들만이 탁을 반겨주었다. 한낮의 햇빛이 계곡으로 쏟아지면 그 빛은 열기 대신에 기대고 싶은 따스한 기운을 전했다.

청요산에서 며칠만 쉬면 머리가 시원하게 트이며 과제를 풀어낼 아이디어가 번쩍 떠오를 것 같았다. 환웅은 어느 동물을, 어떤 절차를 거쳐 여자로 바꿀 것인지 아무런 지침조차 주지 않았다. 그런데 변신을 주관할 풍백 일행이 사상 최대의 더위라며 청요산으로 모두 휴가를 가 버렸으니, 이를 어떻게 한단 말인가.

수석 견습생인 탁이 풍백과 우사와 운사 견습생을 풍백 집무실로 모았다.

탁이 말했다.

"좋은 방법이 없나?"

"저희들이 아는 게 있어야죠. 동물을 변신시키는 규정이 다 사라졌습니다."

"맞아. 우리가 새로 만들어야지."

"변신업무를 담당했던 원로를 찾아보면 어떨까요."

"곤허 말인가. 그분은 오래전에 죽었네."

"무슨 지침이라도 있어야 하지 않습니까. 못 해 먹겠습니다."

우사와 운사 앞에서 말 한마디 못하던 견습생들은 불평으로 가득 차 있었다.

환웅은 '동물 하나를 여자 하나로 변신'시킨다는 큰 테두리만 정해주고 시시콜콜한 일은 간섭하지 않았다. 환웅은 통 큰 수령으로 칭송받아 풍백과 우사와 운사가 일을 하기 수월했다. 풍백과 우사와 운사도 환웅에게 지도력을 물려받았는지, 골치 아픈 일은 견습생들에게 떠넘기고 지켜보는 행태를 보였다. 윗사람들이 알아서 치고 나가면 아랫사람들이 일하기 편하련만 그럴 기색이 없었다. 그들은 손에 직접 흙을 묻히기를 끔찍이도 싫어해 뼈대를 다듬고 살을 붙이는 건 견습생의 몫이었다.

일을 빨리 진행해야 하기에 기획단을 만들 시간도 부족했다. 결국 탁은 견습생들과 의논해서 환웅에게 추천할 동물을 하나 선택하는 정도로 일의 범위를 좁혔다.

먼저 동물협회에 협조공문을 보내 변신하고픈 동물을 추천

해 달라고 요청했다. 이런 절차를 소홀히 하면 미리 짰다느니, 실세가 개입했다느니 하면서 신단수 아래로 시위가 벌어지기 십상이었다. 풍백이 신단수 사거리 아랫길에도 신발가게를 내주자, 윗길 상인들이 신단수 여덟 길 높이 가지에 올라가서 농성을 했었다. 그런 농성이 일어나면 탁은 양쪽 의견을 조정하다 지칠 대로 지쳐, 실세라도 개입해서 단칼에 일을 정리했으면 하고 바랐다.

호랑이협회와 곰협회가 가장 적극적이었다. 그들 협회 안에서도 시끄러웠다. 곰이라면 도대체 어느 곰을 올린다 말인가. 반달곰, 갈색곰, 회색곰, 판다, 아니면 북극곰? 흰 털에 싸인 북극곰이 신시까지 오지는 않겠지만 협회는 신중하게 일을 처리했다. 호랑이협회에서는 벵갈호랑이와 인도차이나호랑이도 나섰지만 백두산호랑이로 결정되었다.

여우협회는 후보자를 내는 안건을 부결시켰다. 신시에서 변신을 금지해도 여우족은 그 유혹을 이겨내지 못했다. 여우가 인간 여자로 변신하여 남자를 유혹하고, 뛰어난 미모와 교태로 인간 여자들의 질투를 받는 마당에 공식적인 변신 행사에 나설 필요가 없다는 결론이었다. 미호로 불리는 여우가 어차피 소문이 좋지 않고, 더 잃을 것도 없으니 과감하게 도전하자고 주장했지만 소수의견에 그치고 말았다.

곰협회와 호랑이협회는 환웅이 시험을 통과한 종족에게 변신 숫자를 배정한다는 소문에 신경을 곤두세웠다. 앞으로는 변

120

신자들에게 다양한 직업에 종사하는 것을 허락한다는 말들이 잇따랐다. 탁이 헛소문임을 알릴수록 소문은 더 번성했다. 추천 위원회로 곰과 호랑이가 한 마리씩 올라왔다.

탁이 두 마리를 만났다. 곰에게 물었다.

"왜 여자가 되려고 하는가?"

"여자든, 남자든 상관없습니다. 최고 실력자이신 환웅의 눈에 드는 일이니까요."

호랑이에게 물었다.

"왜 여자가 되려고 하는가?"

"그저 호랑이로서 인간에게 당하는 공포에서 벗어나고 싶을 뿐입니다."

둘 중 누구를 뽑아야 하는가? 이런 일에 참고하는 전례에는 기본 유형이 정해져 있었다. 뭔가 신비로운, 그럴듯한 장소에서 힘든 과제를 주어 통과하는 방식이었다. 탁은 협회장들과 의논하여 동굴에서 100일 동안 쑥과 마늘을 먹고 견디는 쪽으로 결정했다. 마늘은 그때까지 신시에 전래되지 않은 신식 식물이었다. 그래서 곰과 호랑이 모두 공평한 식물로 생각했다. 마늘 대신 달래로 하자는 의견도 있었으나 달래는 누군가 평소 즐겨 먹는 음식일 수 있었다. 솔직히 탁은 이 기회를 통해 마늘이란 향신료를 조사하고픈 욕심도 있었다. 살균력이 강하고 해독작용을 하며 피로를 가시게 한다는 평이 들렸다. 정력에 좋다는 말들도 제법 돌았다. 탁은 급히 수입문물이 풍부한 남시(南市)

에서 마늘 100접을 구해 왔다.

탁이 곰과 호랑이가 들어갈 동굴을 점검했다. 신시의 동쪽으로 이십 리를 더 가서 파곡산 중턱에 길게 넘어진 나무를 타고 절벽 하단에 뚫린 구멍으로 들어가면 좁은 입구가 나왔다. 동굴 안으로 들어서면 가느다란 바람이 횃불을 흔들었다. 길을 따라가면 고요한 연못이 나타났고 그 연못 위로 종유석이 천정에서 길게 내려왔다. 벽에 바싹 붙어 연못을 지나면 폭포가 쏟아지는 경사로가 보였다. 그 위로 넓은 평지가 나타났다.

나무를 타고 입구로 출입해야 하는 것이 단점이었다. 호랑이와 곰이 나무를 타고 내려오다 떨어져 다치기라도 하면 일이 성가시게 되거나 틀어질 터였다.

탁은 파곡산 남쪽 산비탈의 수풀에 가려진 동굴이 좋을 것 같았다. 입구는 좁지만 들어서면 얼마 지나지 않아 넓은 바위가 나왔다. 그 뒤로 넓은 길이 이어지다 좁아져서 겨우 사람 한 명이 지나갈 수 있는 공간에 다다랐다. 겨울에도 따뜻해 사람이 자리를 잡고 산 흔적이 남아 있었다. 불을 피워 동물을 요리한 자국이 보였고 여러 동물이 섞인 뼈가 한편에 무더기로 쌓여 있었다. 이 뼈를 치워야 하는 게 골치였다. 운사 견습생에게 뼈를 치우자고 했더니 천으로 덮고 귀퉁이를 바위로 꾹 눌러두면 그만 아니냐고 되물었다. 우사 견습생은 임시로 쓸 시험장소인데 너무 노력을 들인다며 몸을 움직이지 않았다.

동물협회에서는 넓은 바위를 맘에 들어 했다. 이곳은 예전에 탁이 호흡법을 수련하던 장소였다. 너럭바위에서 평발로 앉아 자연스럽게 따라 쉬는 숨을 관찰했다. 자신의 몸속을 도는 바람을 불러일으키는 수련이었다. 호흡을 따라가면 숨은 얕아졌다 깊어졌다를 반복하며 끊기고 이어졌다. 그 숨을 계속 관찰하면 심장에서 우레처럼 큰 소리가 들렸다. 숨은 산들바람으로 가늘어졌다가 바람 한 점 없는 고요함으로 잦아들기도 했다. 나중에는 의식이 뚝 끊기며 감각이 사라졌다. 그러다 의식이 돌아오면 한 치를 쌓은 것이었다. 처음 한 치를 쌓으려면 일 년의 공력을 키워야 했다. 그 후로는 쌓는 속도가 빨라졌고 아홉 치를 쌓으면 한 순이 되었으며, 아홉 순이 한 둔, 아홉 둔은 한 취가 되었다. 수행은 끝이 없었다.

세 순을 쌓으면서부터 바람을 부르는 능력을 부렸다. 신시에 세찬 바람을 보내거나 범선을 멀리까지 보내는 힘이었다. 이 정도면 깃발을 한 방향으로 흔들리게 하고, 나룻배를 시원하게 보내며 적에게 불화살을 날릴 능력이 되었다. 바람을 멈추는 공부는 내실이 더 두툼했다. 폭풍이 불거나 배가 뒤집힐 지경이 되면 선주들은 돈을 내고 풍백의 주문을 받았다. 주문 몇 개를 짜 맞추면 바람은 평온해졌다. 천 리에 걸쳐 바람을 키우고, 바위를 날려 보내며 아름드리 소나무 둥치를 뚝뚝 꺾는 취의 단계를 밟기는 불가능했다. 공부도 힘들었지만 그런 능력에 다가가면 어김없이 독을 먹거나 절벽에서 굴러떨어져 죽었다. 신시와 관계 깊은 누군가의 짓이라는 소문이 은근히 뒷골목에서 돌왔다.

탁은 세 순의 공력을 향해 마음을 기울여 정진했다. 세 순의 공력을 가진 사람부터는 선박협회에서 자문위원으로 모시고 후원금을 지급했다. 얼마 되지 않는 후원금보다 풍백의 견습생이 지녀야 할 명예와 실력에 맘이 급했다. 권력은 우사의 문하생이 더 셌다. 그쪽은 파벌이 문제였다. 비를 내리는 능력만큼이나 그치게 하는 주문도 중요했는데 두 파벌 사이에는 높은 벽이 있었다. 우사의 견습생은 명문가의 자제들이 먼저 차지했다. 그들은 비를 내리게 하는 파로 실습에서 높은 점수를 받았고 필기시험에서는 상위권에 들었다. 비를 내리는 파와 그치게 하는 파의 싸움이 심해, 농사철에도 한쪽에서 비를 부르면 다른 쪽에서 비를 그치게 하는 주문을 읊는 형편이었다. 칠 년 전에는 두 파 사이에 큰 싸움이 벌어져 신시의 절반이 물에 잠기고 소와 닭이 지붕 위에 올라앉아도 그냥 놔두는 일이 비일비재했다.

탁을 비롯한 견습생들과 협회장들이 신단수 둥치에 모였다. 그들은 양쪽 모서리에 깃발을 꽂은 제단에 아홉 번 절을 했다. 제단은 아래가 넓고 위로 갈수록 좁아졌다. 아래에 다듬지 않은 자연석을 다섯 줄 쌓고 그 위에 반듯한 화강암을 세 줄 올렸으며 마지막 한 줄은 흑요석으로 덮었다. 제단 모서리에 소금을 뿌리고 복숭아 가지를 태웠다. 모두 곰과 호랑이를 둘러서서 선서문을 낭독하고 공정한 경쟁을 다짐했다. 신시의 신민들이 몰려들어 신단수 아래를 가득 메웠다. 탁이 동굴에 들어간 호랑이와 곰에게 100일의 시간을 주었다. 두 마리는 탁이 수련을 하던 너럭바위에 엉거주춤 앉아 눈을 감았다.

탁이 동굴 입구에 튼튼한 문을 달고 빗장을 질렀다. 탁과 일행이 동굴을 나서자 횃불이 꺼지고 침묵이 덮쳤다. 묵직한 어둠이 곰과 호랑이의 눈을 거쳐 몸을 파고들었다. 곰은 허리를 곧추세웠다. 엉덩이를 타고 냉기가 흘러들었다. 100일은 충분히 견뎌낼 만한 기간이었다. 곰은 밀렵꾼 우리에 갇혀 50일 동안 죽음을 기다린 적이 있었다. 신시에서 백 리까지 사냥을 금한 명령은 밀렵꾼 귀를 스쳐 지나갈 뿐이었다. 우리 앞에 서서 곰을 관찰하는 밀렵꾼은 움츠린 곰의 정수리에서 발끝까지 사랑스런 눈길로 훑어나갔다. 곰은 그 눈초리에서 자신에게 닥칠 어두운 운명을 실감했다. 신시의 상인이 우연히 우리가 놓인 골짜기를 지나가지 않았다면 곰은 여러 부위로 해체되어 사라졌을 것이다.

호랑이는 평평한 바닥을 앞발로 쓸어보았다. 차가운 기운이 앞발에 올라붙었다. 어둠 속에서 앞발을 모으자 장면 하나가 다가왔다. 바닥에 깔린 한 장의 가죽이었다. 아직 길들지 못한 누런 털은 생시와 마찬가지로 뻣뻣하게 일어났다. 유리알을 박은 두 눈은 이질적으로 번들대었다. 가죽은 등뼈 선을 따라 대칭을 맞춰 바닥에 누웠다. 호랑이는 그 가죽이 삼촌의 몸체라는 인상을 지우지 못했다. 그렇게 믿을 근거가 딱히 있지는 않았다. 그저 처음 그 가죽을 대했을 때 심장에 닥친 서늘한 느낌 때문이었다. 그의 종족은 신시 외곽에서 하나씩 인간에게 포획되었다. 어느 날 아무 소식 없이 실종되는 호랑이가 늘어갔다. 덫과 독화살이 신시에서 내린 금지령을 비웃으며 곳곳에 깔리고 날아들었다. 인간은 용맹과 공포의 상징인 호피를 자신의 엉덩이로 누르고 싶어 했다. 호랑이의 삶은 언제든지 한 장의 호피로 변할 수 있는 경계에 아슬아슬하게 걸쳐 있었다.

동굴의 호랑이가 눈을 감으면 하얗게 선 칼날이 허공에 떠올랐다. 그 날 끝에 시퍼런 살기가 얹혔다. 칼날은 배 중앙을 찌르며 들어왔다. 몸피의 결을 따라 살을 발라내는 소리가 섬뜩했다. 호랑이는 햇빛을 튕겨내는 칼날을 바라보았다. 새하얀 칼날은 호랑이가 결코 벗어날 수 없는 죽음의 신이었다. 사신은 호랑이가 잠이 들 무렵이면 눈앞에서 춤을 추며 지나갔다. 호랑이는 칼날을 눈앞에서 몰아내려 안간힘을 쓰면서 선잠에 들었다.

사흘이 지났다. 곰은 처음 본 마늘을 코에 댔다가 내려놓았다. 마늘에서 역한 냄새가 풍겨 속이 뒤집혔다. 동굴에 들기 전 열흘을 든든하게 먹어대어 엉덩이와 배에 통통하게 살이 올라 있었다. 아직은 허기가 느껴지지 않았다.

이레가 지났다. 호랑이가 쑥을 먹고는 아홉 번을 토했다. 마늘은 입에 넣자 목에서 경련이 일어났다. 코가 알알해지며 눈물이 쏟아졌다. 호랑이는 반나절을 기침에 시달렸다. 열이 오르며

털이 꼿꼿하게 섰다. 텅 빈 위장이 뻣뻣해지고 다리 근육에 쥐가 났다. 열흘이 지나자 굶주린 호랑이는 가죽이 빠져나와 허공을 나는 환각에 시달렸다. 네 활개를 펼친 가죽은 동굴 천장에 붙어서 호랑이를 향해 흔들렸다. 가죽의 움직임과 함께 호랑이의 코에 고소하고 따뜻한 고기 냄새가 나는 듯했다. 그 냄새는 머지않은 곳에서 조금씩 조금씩 퍼지고 있었다.

호랑이의 눈에 너울대던 가죽이 한 장의 두루마리 형태로 변했다. 두루마리에 번갈아가며 그어진 흑색과 황색 띠가 한 줄로 모여 검정색으로 합쳐졌다. 검은 띠가 가늘어지며 양끝을 오므렸다. 그 검은 올가미가 허공에서 스르륵 움직이며 호랑이가 가야 할 길을 이끌었다. 허공을 돌던 검은 올가미가 호랑이의 앞발에 감겼다. 호랑이가 곰의 등 뒤로 다가갔다. 호랑이가 앞발로 곰의 목을 조르자 곰은 앞발로 호랑이의 머리를 타격하며 몸을 비틀었다. 허공을 긁어대던 곰의 앞발 움직임이 잦아들면서 멈췄다.

중간 점검을 하러 동굴에 들어간 탁은 쉰 목청으로 으르릉대며 동굴 벽에 몸을 던지고 머리를 찧는 호랑이를 발견했다. 횃불이 너럭바위를 비추자 눈에 핏발이 서고 얼굴 한쪽이 찌그러진 호랑이는 뒤로 돌아섰다.

신시 일대의 모든 사람과 동물이 이 사건을 떠들었다. 박석이 깔린 도로와 산길을 따라 마을을 다니는 이야기꾼들은 장날에 모인 군중에게 어두운 동굴에서 벌어진 격투기를 열렬하고 과장되게 묘사했다. 그래도 청요산으로 휴가를 간 풍백과 우사와 운사는 꿈쩍하지 않았다. 그들은 휴가 기간에는 하늘이 움직여도 끄떡도 하지 않는다는 신조를 지켰다. 환웅을 수행하는 비서는 환웅의 휴가가 더 늘어났다는 소식만 보내왔다.

호랑이는 감옥에 갇혔다. 곰협회는 호랑이를 사형에 처해야 한다며 으르렁대었다. 신시에서 사형을 집행하지 않은 지 이십 년이 지났다. 그때까지 신시에서 사형은 인간에게만 행해졌다. 천부인은 사형집행장에서 모습을 드러냈다. 청동거울, 청동검, 옥은 사형집행 도구로도 쓰였다. 신단수에서 북쪽으로 400걸음 떨어진 곳에 곧게 뻗은 은행나무가 서 있었다. 삼단수로 불리는 나무 옆으로 세 개의 솟대가 꽂혀 있고 솟대 끝에 나무로 깎은 새가 앉았다. 가지를 쳐버린 나무 밑둥을 따라서 바위가 둥글게 처져 있었다.

탁이 남시(南市) 출장에서 돌아왔을 무렵 처형을 보았다. 죄수는 삼단수 나무에 묶였다. 사형집행은 주형(主刑) 벼슬이 맡았다. 주형은 환웅의 창고에서 가져온 청동거울과 검과 옥을 나무로 만든 대 위에 올렸다. 사형절차는 엄숙하고 간소했다. 나무 옆에 붉은 깃발을 건 긴 장대를 하나 꽂았다. 나무 앞에 세운 북을 한 번 치면 사형집행인이 묶여 있는 죄수에게 곡옥이 든 주머니를 입안에 넣었다. 입안을 가득 채운 죄수는 볼이 불룩해져 어릿광대로 보였다. 조금 지나면 죄인의 입에서 침이 흘러내렸다. 두 번 북이 울리면 붉은 피가 섞인 황토를 얼굴에 발랐다. 세 번째 북이 울리면 청동거울을 죄인 앞에 놓고 세 번 얼굴을 비춰 보였다. 네 번째 북이 울리면 청동검으로 단번에 경동맥을 그었다. 뿜어져 나온 피는 죄인의 발아래에 쌓인 황토로 오래 흘렀다. 그 흙은 다음 처형 때 죄수의 얼굴에 바르는 데 쓰였다.

곰협회와 호랑이협회는 서로 으르렁대며 협의를 한 끝에, 호랑이를 시베리아 지역으로 추방하면서 일을 마무리 지었다.

그런 일을 겪었는데도 변신사업에 응모하는 곰과 호랑이 수가 적지 않았다. 다시 한 번 선택된 곰과 호랑이 한 마리를 동굴 속으로 넣었다.

곰은 너럭바위에 앉아 쉴 새 없이 떠들었다. 우리가 여기 들어온 건 행운이야. 경쟁자가 그렇게 많다니. 남시와 북천에서도 몰려왔더군. 마지막에 추첨으로 골라낼 때는 긴장했어. 하지만 나는 여기 들어올 줄 알았지. 운이란 악착같이 붙잡아야 하는 거야. 곰은 물에 쑥 세 주먹과 마늘 한 주먹을 씻어 손바닥에 올렸다. 시험규칙이 어이없지 않나. 쑥과 마늘이라니. 이걸 어떻게 먹으란 말이야. 나는 물론 깨끗하게 먹어치우고도 남지. 100일 정도야 겨울잠 자는 기간과 비슷하고. 호랑이, 네가 걱정이야. 네가 이걸 먹어내겠어. 먹지 않아도 좋아. 어차피 내가 승리하니까. 나는 늘 이겨왔거든. 이 정도의 시합에서 100일씩이나 기다려야 한다니.

호랑이가 말했다. 조용히 지내는 게 어때. 시끄러워 견디지 못하겠어. 곰은 천연덕스러웠다. 내가 시끄럽다니 유감이군. 난 말이 많지 않다고 생각해왔지. 심장이 세 번 뛰는 동안에 고작 한 마디를 하니까. 이 쑥과 마늘은 맛이 괜찮군. 곰은 발을 더듬으면서 앉은 바위 주위를 돌아다녔다. 어이, 호랑이, 일어나서 걷지 그래, 답답하지 않나. 생각보다 잘 참는 성격이군. 곰은 쑥 다섯 주먹과 마늘 두 주먹을 씻어서 먹었다. 버릇이야. 마음이 들뜨면 자꾸 먹고 싶어지거든. 위장이 든든하면 마음이 편안해지니까. 마음 놓고 제대로 먹지는 못해. 몸이 불어나면 무릎이 쑤시거든. 마늘 맛이 고약하군. 너무 매워. 입속에서 유황불이 굴러다니는 것 같아. 이봐, 호랑이. 네 몫은 먹지 않아도 될 거야. 네가 얼마 동안 견디겠어? 넌 내게 이기지를 못해. 내가 여기까지 어떻게 왔는지 알아. 호랑이가 경쟁하는 예선은 우리와 비교할 바가 못 돼. 모두가 이번에는 곰 차례라는 예감을 받은 모양이야. 예선을 글쎄 네 번이나 거쳤다니까. 조용하지 못해. 닥치란 말이야. 호랑이는 똑 부러지게 말을 맺으면서 낮게 으르렁거렸다. 곰은 그치지 않았다. 곰의 비음이 섞인 목소리는 동굴 속에서 흐르는 물소리와 묘하게 어긋나면서 불쾌한 진동을 공기 속으로 퍼뜨렸다. 어둠 속에 고요히 뿌리를 내린 바위가 그 진동을 튕겨냈다. 진동은 벽을 타고 약하게 울리면서 미끄러져 내렸다. 곰은 계속 떠들었다. 난 네가 여기 있다는 자체가 불쾌해. 내가 이기게 되어 있으니까. 왜 시간을 낭비하는지 모르겠어.

열흘이 지났다. 곰의 크게 뜬 눈에 번쩍거리는 빛이 보였다. 눈을 감으면 나뭇가지가 뚝뚝 꺾이거나 바스락대며 나뭇잎을 밟는 소리가 들렸다. 곰의 귀를 뚫는 귀울림은 끊임없이 웅웅대며 날카로워졌다. 쑥과 마늘은 곰의 몸에서 녹아들지 못하고 서로 배척하며 독소를 뿜었다. 곰은 점점 더 숨이 가쁘고 심장이 쿵쿵 달리며 열이 머리 위로 뻗쳐올랐다. 눈앞에 어른대는 그림자가 자신을 죽인다는 생각을 지우려 쑥과 마늘을 두 주먹 더 먹었다.

탁이 보름이 지나 동굴로 들어서자 신음소리가 들렸다. 호랑이는 어깨뼈가 부러진 데다 척추에 금이 갔다. 벽에 호랑이가 내던져져 부딪친 자국이 남았다. 호랑이는 가쁜 숨을 쉬며 성한 앞발로 곰을 가리켰다. 곰은 쉴새 없이 혼잣말을 하며 바위를 따라 돌고 있었다.

곰은 동굴에서 나온 지 삼 일 만에 늪에서 발견되었다. 앞발이 깃대처럼 늪 밖으로 뻗어나왔다. 늪은 천천히 깊어지는 곳이었다. 짐승은 한 걸음을 들어가서는 버둥대며 빠져나왔다. 곰은 가장자리에서 열다섯 걸음을 들어간, 중심에 가까운 장소에서 가라앉았다. 탁이 풍백과 우사와 운사에게 사고를 보고하자 그들은 고개를 두 차례 끄덕일 뿐이었다. 풍백 등은 변신 사업에 신시(神市)의 물품창고를 마음껏 써도 된다는 언질만 주었다.

신시가 탄생하기 이전 와석(臥石)시대에도 부족장들은 변신을 금지했다. 사람들의 눈을 피해 변신술을 익힌 술사가 가끔 남자를 여자로, 여자를 남자로 변신시켰다. 동물에서 사람으로 변하기도 했다. 변신남은 많은 여자를 임신시켰다. 호랑이가 변신한 남자의 자손은 눈이 크고 손톱이 청동처럼 날카로웠다. 그들은 허리를 꼿꼿이 세우고 발을 일자로 해서 걸었다. 곰이 변신한 남자의 자손은 주둥이가 나오고 태어나서 오래지 않아 두 발로 걸었으며 겨울에는 잠을 길게 자곤 했다. 여우에서 변신한 남자의 자손은 미끈한 피부에 요염한 얼굴이었다. 그들은 마을의 처녀 총각을 설레게 했고 많은 유부남과 유부녀들이 가정을 떠나게 했다. 견디다 못한 마을 촌장들은 여우가 변신한 사람의 자손을 마을에서 추방하기로 결정했다.

그러나 대부분의 변신족은 거무스레한 피부에 가슴부터 발목까지 털로 덮인 채 태어났다. 변신족 아이들이 계속 태어나자 인간들은 그들을 한곳에 모여 살게 했다. 그들은 더운 여름철에도 털과 검은 피부를 가리는 긴 옷을 입었다. 골격이 튼튼한 아이도 있었지만 사람보다 몸집이나 뼈대가 약하기도 했다.

변신족의 자손들은 가축을 잡는 일을 했다. 장례와 관련된 일도 도맡았다. 신시가 탄생한 초기에는 성안에 두께가 세 치인 박석을 깔다가 많은 변신족이 박석에 베이거나 손을 다쳤다. 한겨울에는 동상에 걸렸다. 노임도 많지 않았다. 신시 주민은 그 일을 변신족의 고유 업무로 치부하고 아무도 박석 일을 하지 않았다. 박석 광산에서 돌을 캐오는 일도 변신족이 전담하는 일로 돼 버리고 말았다. 박석이 층층이 쌓인 광산에서 돌을 캐다 죽거나 다치는 변신족도 많았다. 신시에서 뻗어나가는 도로에 박석을 까는 일도 변신족들 자손 일이었다. 험한 일을 하면서 변신족의 자손들은 점점 죽어 없어져, 그들 무리는 찾기 어려워졌다.

변신을 원하는 동물은 변신족들 후손이 쓰러지는 꼴을 봐도 개의치 않았다. 사람으로 변하는 건 그런 대가를 충분히 치를 만큼 가치 있다고 그들은 믿어 의심치 않았다.

그렇게 얻는 가치 중 하나가 사냥이었다. 인간은 변신자들에게 사냥에 참가할 권리를 주었다. 변신한 동물은 활과 칼을 들고 사냥에 나섰다. 숲으로 들어가는 길에 창과 칼이 햇빛에 번쩍였다. 나팔 소리가 울리고 몰이꾼들이 숲을 쳐 나갔다. 변신한 동물은 제대로 쓰지도 못하는 창을 들고 몰리는 무리를 향해 달렸다. 그의 종족들이 울며 그 앞에서 흩어졌다. 변신자는 창으로 도망치는 동물을 꿰서 그들이 자신의 눈앞에서 떨며 눈을 감는 과정을 지켜봤다. 그렇게 죽는 과정을 보면서 모두에게 자신의 재탄생을 공인받은 변신자의 마음은 사람으로 완벽하게 탄생했다는 기쁨에 잠겼다.

이렇게 음성적으로 벌어지던 변신도 옛날 일이 되고 말았다. 신시가 탄생하면서 변신은 환웅만이 행사하는 권력이 되었다. 환웅이 사람과 동물 모두에게 변신을 엄중하게 금지하자 변신은 자취를 감췄다. 그러다가 환웅의 창고지기였던 자가 천부인 (天符印)을 훔쳐 변신술에 쓰는 바람에 변신은 아예 금기가 됐다. 창고지기는 변신술을 통해 미남으로 변했고, 미녀로도 변해 양성의 즐거움과 비밀을 누렸다. 그는 청동거울을 보면서 자신의 변신한 얼굴에 빠져들었다. 창고지기는 미남으로 모습을 바꿔 주곡(主穀)과 주형(主刑) 벼슬의 부인을, 그다음에는 미녀로 변신해 주곡과 주형 벼슬아치를 유혹했다. 풍백이 창고지기를 조사한 조서에는 그가 그저 재미로 그랬다가 다시 돌아오려 했다고 기록되어 있었다. 환웅은 창고지기를 엄격하게 징벌했다. 그의 살은 개미가 먹었고 뼈는 가루로 내어 떡과 버무려 벌레가 먹도록 들판에 뿌려졌다.

탁은 깊이 숙고한 끝에 냉철하게 결론을 내렸다. 어찌되든 '동물 하나를 여자 하나로 변신'시키기만 하면 될 일이다. 주위에 그럴듯하게 여자가 탄생한 것으로 보이면 그뿐이었다. 탁이 돈을 풀어 떠돌이 곰을 포섭하여 멀리 떨어진 동굴 속에 넣었다. 사람을 시켜 동굴 옆으로 난 구멍을 통해 음식물을 넣어주었다. 이 방랑벽이 있는 곰은 볼가강에서 아무르강까지 유랑하면서 다양한 음식을 먹었다고 자랑하는 미식가였다. 이 곰은 어렵고 힘든 처지에는 고사리와 이끼도 먹지만, 조건이 되면 아낌없이 별식에 투자하는 생활관을 고집하였다. 그는 자신이 미식가라면서 뛰어난 풍미를 지닌 음식을 먹고 알리는 일이 중요하다고 역설했다. 곰이 탁의 한 달 치 봉급으로 만드는 도미요리와 진귀한 향신료와 특이한 동물들의 발바닥 요리를 주워섬기자 탁은 쓰러질 뻔하였다. 탁은 물품창고에서 가져온 곡식으로 숙수를 고용하여 방랑자 곰에게 접대를 계속했다. 저렇게 먹어치우다가는 뚱뚱해진 곰이 동굴 문을 나서지 못하는 게 아닐까 싶을 정도로 곰의 식성은 대단했다.

탁이 고민에 싸이자 미호(尾狐)가 접근했다.

미호는 남자를 패가망신시키기로 이골이 난 여우였다. 여우족들은 대대로 내려온 변신 기술을 완전히 잃어버리지 않았다. 신단수 남쪽으로 건물을 가진 남자들과 지주, 무역업자 여럿이 미호에게 빠져들어 재산을 거덜냈다. 미호의 호리호리한 몸과 자지러지는 교성, 부드러운 허리, 탄력 있는 엉덩이의 조화에 빠지면 헤어나기가 어려운 모양이었다. 미호는 그런 악명을 누릴 만큼 누렸으니 이제 공식으로 여자가 되고 싶다고 했다. 한마디로 경력 세탁을 하겠다는 꿈이었다. 탁이 코웃음을 쳤다.

"바람을 부르는 풍백의 견습생으로서 너 따위 나부랭이는 추천 못 해."

미호가 말했다.

"산전수전을 다 겪은 내가 낫지요."

미호는 별별 남자를 다 쳐내 본 장점을 봐달라고 탁을 설득했다. 괜히 미식가 곰을 여자로 변신시켰다가 닥칠 후환을 생각해보라는 말이었다.

"남자와 나는 서로 이용하지요. 욕망이 잘 맞아떨어지면 그것도 괜찮지요."

미호가 은빛 꼬리를 부드럽게 흔들었다.

"물정 모르고 순수한 척하는 순둥이보다는 내가 나아요."

탁이 그 말에도 일리가 있다고 생각하고 미식가 곰과 미호를 같이 추천하기로 했다. 미호는 탁에게 청옥으로 만든 도자기와 금돼지를 선물했다. 탁은 선물을 돌려주었다. 탁이 미호의 선견지명을 깨닫는 데는 오래 걸리지 않았다.

환웅이 돌아오기 하루 전에 돌아온 풍백은 탁의 제안을 채택했다. 풍백은 탁에게 비밀리에 일을 마무리 짓도록 지시했다. 휴가에서 돌아온 환웅은 붉은 망사를 뒤집어쓴 미식가 곰과 미호를 접견하였다. 접견 장소는 신단수 아래 환웅의 궁정 일곱째 방이었고 시간은 그믐날 축시였다. 아무도 누가 추천되었는지 몰랐다.

환웅은 주저 없이 미호를 택했다. 그날 미호가 신시에서 사라졌다. 미호는 남시로 떠난다는 편지만 남겼다.

일이 쉽게 풀리자 탁은 환웅이 절색인 미호를 염두에 두고 변신 일을 벌인 게 아니었을까 하고 의심했다. 탁은 머리를 흔들며 그런 의심을 지워버렸다.

환웅은 그날 밤 미호와 동침했다. 환웅은 다음 날 여자로 변신한 미호에게 웅녀(熊女)라는 칭호를 하사했다. 그 이름은 경력과 출신성분을 바꾸고 싶은 미호가 바랐던 호칭이었다. 환웅은 미식가 곰도 인간으로 변신시켜 탁과 같이 살도록 하였다. 탁은 결혼하면서 매일 저녁마다 집에 들어가는 시간을 미루고

늦췄다. 곰은 미식가인 데다 자신이 원하는 체위만 고집했다. 탁이 뒤에서 안기라도 하면 거세게 밀쳐내었다. 곰은 자신이 이미 인간으로 변신했는데 뒤에서 타는 체위는 야생 곰이나 하는 수치라며 경련을 일으키기도 했다.

환웅이 변신시킨 미호는 기품이 넘쳤다. 늘씬한 키에 투명할 만큼 흰 피부는 비단옷이 잘 어울렸다.

그녀는 왕비나 천녀와 같은 명칭으로 불리지 않았다. 신민들은 경외감이 가득한 목소리로 그녀를 오직 웅녀로만 불렀다. 웅녀는 매년 정월 보름에 흰 말 두 마리가 끄는 마차를 끌고 궁전 앞 큰길로 나섰다. 마부는 푸른색 윗옷을 입고 꿩 깃을 머리에 꽂았다. 웅녀는 흰 드레스에 담비 외투를 걸쳤다. 우아한 목을 타고 붉은 목도리가 흘러내렸다. 거리는 송곳 하나 들어올 틈 없이 사람들로 가득 찼다. 마차가 나타나면 모두 무릎을 꿇고 머리를 바닥에 대었다. 아름다운 일산을 단 마차가 지나가면서 그림자를 거리에 흘렸다. 사람들은 웅녀가 담긴 그림자에 깊이 입 맞추었다. 웅녀의 그림자가 비친 흙을 쥐어 머리에 뿌리는 자도 있었다.

웅녀가 탄 마차가 지나가면 백 걸음 뒤로 은화를 가득 실은 마차 일곱 대가 길 양쪽으로 은화를 듬뿍 뿌렸다. 무릎 꿇고 기다리던 행렬은 쏟아지는 은화에도 대열을 흐트리지 않았다. 그들은 자기 손이 닿는 곳까지만 은화를 주웠다. 그들은 이 엄숙한 자선 행진이 자신들의 추악한 욕심으로 만신창이가 될까 봐

몸을 사렸다. 어쩌면 그들은 자선 마차 사이에서 눈을 번뜩이는 호위대의 눈길을 무서워하는지도 몰랐다. 호위병사는 은화를 주우려는 소란을 부리는 자들을 뚫어지게 바라보았다. 그 눈길을 받은 사람은 심장이 느려지고 몸이 떨렸다. 그 사람은 며칠 사이로 사라졌다. 북천 가까이 있는 은광산으로 끌려간다는 말이 돌았으나 아무도 그 거취를 알지 못했다.

사람들은 애써 무리하면서 은화를 향해 몸을 던질 필요가 없었다. 은화를 뿌리는 행사는 매년 정월 대보름에 어김없이 행해졌다. 머지않아 은화를 받을 다음 기회가 돌아왔다. 은화를 주울 때 아무도 일어서지 않기에 은화를 거머쥘 확률은 누구에게나 비슷했다.

웅녀의 소유인 궁전 안 3번 창고는 늘 벌어지는 자선행사로 창고를 꽉 채울 수가 없었다.

웅녀는 3월과 4월 춘궁기에는 곡식을 풀었다. 신단수 앞 광장에 무쇠솥이 수십 개 걸렸다. 그날은 남시의 빈민들과 북천 사람까지 몰려들었다. 그녀가 직접 흰 팔을 보이며 솥에 죽을 쑤었다. 웅녀에게 직접 죽을 받아 든 신민은 뜨거운 죽에 혀를 데는 줄도 몰랐다. 그날 광장에는 빈민들이 가져갈 식량 포대가 끝없이 쌓여 있었다. 죽을 먹고 걸망에 포대를 담은 신민은 성문을 나서며 웅녀가 선사한 삶을 찬미하고 웅녀를 탄생시킨 환웅의 치세가 영원토록 이어지기를 기원했다.

신단수에 제사를 지내는 날이 오면 환웅과 웅녀는 궁전 정문에서 제단까지 덮개 없는 마차를 타고 갔다. 그녀는 새하얀 어깨를 드러낸 흰 비단 드레스를 입었다. 허리에 긴 붉은 띠를 두르고 손목에는 붉은 옥팔찌를 둘렀다. 신민들이 그녀의 모습을 보려 길 양쪽으로 몰려들었다. 신민들은 웅녀를 보고픈 마음에 걸음이 절로 빨라지고 생업을 잊을 만큼 넋을 뺐다. 남시와 북천에서 온 관광객들이 신단수 앞을 가득 메웠다.

제사의 백미는 신단수의 열매인 신과를 나눠주는 행사였다. 병을 낫게 하고 기력을 십 년은 젊게 만든다는 영약인 신과는 신단수의 우듬지 부근에서 백여 개가 겨우 열렸다. 환웅이 은접시에 담은 신과를 웅녀에게 건네주었다. 그녀는 신단수 앞 대로를 걸으며 신과를 가볍게 이로 깨물고는 멀리 던졌다. 처음에는 신과를 받으려고 서로 짓밟는 신민들로 아수라장이었으나 점점 신민들이 개명하면서 중병을 앓는 자에게 신과를 양보했다.

신시에 웅녀를 따라 하는 붐이 일었다. 여자들은 그녀의 웃음과 손짓을 따라 했다. 상인들은 웅녀가 입은 옷과 장신구 물량을 대기 바빴다. 상류층 여자들은 아낌없이 그녀가 입는 옷에 투자했다. 그녀가 타는 마차의 복제품이 유행했다. 그 유행은 남시와 북천까지 번져갔다. 유행을 창조했던 남시도 신시의 유행을 쫓아가는 불운에 빠졌다. 다음 변신 행사는 세 번의 봄바람이 분 후에 열렸다. 변신하는 숫자가 세 명으로 늘었고 인간 여자에게도 한 명이 배당되었다. 동물의 변신만큼이나 인간 여자의 변신은 신시를 놀라움에 빠뜨렸다. 삼 일이 지나 얼굴과 몸매가 싹 달라져 나타난 여자는 거의 웅녀를 닮아 있었다. 웅녀처럼 눈이 크고 얼굴이 갸름하며 다리가 길었다. 자세히 보면 왼쪽 뺨 아래에 검은 점이 있었다. 그녀는 환웅의 두 번째 부인이 되었다.

탁은 머지않아 풍백의 후계자로 승급했고, 마침내 명예퇴직을 한 풍백의 뒤를 이어받았다. 미호가 환웅에게 말을 잘 올린 모양이었다. 현모양처라는 말이 있다면 그건 미호를 위해 만든 말이었다. 미호가 아들 단군왕검의 교육을 어찌나 잘 시키는지 놀랄 정도였다. 미호는 단군을 신시 역사상 처음으로 중국으로 유학 보내 국제정세와 외교에 깊은 학식을 쌓도록 공부시켰다. 미호의 교육 정신은 실용주의였는데, 현실과 이상의 적절한 균형과 타협을 중시했다.

웅녀는 자주 탁을 불러 깊은 의논을 했다. 탁은 귀빈실에서 웅녀를 알현했다. 풍백이 된 탁은 웅녀에게 무릎을 꿇고 깊이 읍했다. 탁은 이제 웅녀가 미호에서 변신했다는 사실을 잊어버렸다. 그녀의 그윽한 눈매 아래서 탁은 황송하게 몸을 굽혔다. 웅녀는 자주색 비단옷을 입고 단이 높은 긴 의자에 비스듬히 누워 있었다. 그녀가 몸을 돌려 탁을 바라보았다. 해가 가도 천신을 닮은 그녀의 미모는 녹슬지 않았다. 세월이 선사하는 원숙함이 그 신비로운 미소에 녹아들었다.

웅녀는 단군왕검이 통치하기 시작한 9년 후에 죽었다.

탁은 웅녀의 기록을 남겼다. 웅녀는 거대한 신화가 되었고
여러 책이 기록을 인용했다.

그림자 도시

상인이 물었다.

"그림자 거인을 본 적 있나?"

나는 고개를 끄덕였다. 그림자 거인을 떠올리면 몸에 박힌 경탄과 분노의 상반된 감정이 함께 솟아 몸을 감싸는 것을 느꼈다. 그림자 상인은 자신도 그 감정을 잘 안다는 듯, 사람 좋게 얼굴 가득 미소를 지으며 말했다.

"그림자 가격이 계속 오르고 있어. 거인이 끝없이 사 모으거든."

그림자 상인은 그림자 판매소에서 한때 직원으로 일했던 내게 판매소가 호경기임을 은근히 알리면서 툭 한 마디를 덧붙였다.

"그림자 세 덩이가 없으면 앞으로 도심에 들어가지 못해."

나는 놀라며 되물었다.

"두 덩어리였는데요."

상인은 자신을 따르지 않은 직원의 미래를 가엾게 여기는 표정이었다.

"보름 후부터 도시 규정이 바뀔 거야."

상인은 내가 떠날 때보다 머리가 더 벗겨지고 볼살이 늘었으며 배가 뚱뚱해졌다. 나는 그림자 판매소를 집어치우고 보란 듯이 상인을 떠나 창업에 나섰지만 결과는 실패였다. 광장에 연세탁소는 공정을 자동화한 세탁 공장에 밀려 후퇴를 거듭하다 마침내 문을 닫는 지경에 이르렀다. 상인은 내게 남은 그림자가 두 덩이뿐이며, 그마저도 일주일 안에 사채업자에게 넘겨야 한다는 소식을 어디선가 들었음에 틀림없다. 마리아의 남은 그림자를 팔아야 하는 형편에 몰린 것도 알 것이다.

상인은 그림자 도시에 떠도는 소문을 수집하고 가공해서, 자신의 재산을 늘리는 데 도움되는 정보로 바꾸는 능력이 탁월했다. 상인은 그림자 가격이 내려가기는커녕 앞으로도 상향 곡선을 그릴 거라는 주장을 오래전부터 전파해왔다. 상인의 말을 허풍으로 받아들인 나의 지금 신세는 상인이 얼마나 선견지명이 있었는지를 말해주는 증거였다. 상인의 예측대로 그림자값은 올랐다. 그림자 도시에서 그림자를 몽땅 팔아버리고 회색 도시로 쫓겨가는 사람이 날로 늘어 회색 도시 역시 상인의 배만큼이나 뚱뚱해졌다.

몇 해 전 도시의 중심인 광장에서 그림자 거인을 보았다. 그림자 거인을 맞는 광장은 아침부터 술렁거렸다. 시에서는 광장 주변에 걸린 현수막과 광고판을 떼 냈고 둥근 광장을 따라 놓은 화분도 옮겨 놓았다. 거인을 기다리는 광장은 그의 명성을 가리는 장식 없이 수수한 모습으로 단장되었다. 식전 행사로 오백 덩이의 그림자를 지닌 사람이 전시를 했다. 그가 접은 그림자를 공작 날개처럼 펴자 주위 사람들은 광장 끝까지 뻗은 위풍당당한 그림자 모습에 감탄하면서도, 그와 비교도 되지 않는 거인의 그림자를 보겠다는 갈망이 더욱 고조되었다.

마침내 거인이 나타나자 광장에 모인 사람들은 모두 숨을 죽였다. 그는 바짝 마른 몸에 키가 훌쩍 컸고 어깨는 굽었으며 머리칼은 은발이었다. 시장이 그에게 최고훈장을 수여하고 축사를 했다. 그림자 도시를 통치하거나 지도하는 중요 인사들은 짧거나 긴 연설에서 거인이 도시를 키우고 성공시킨 예를 들며 거인의 영광을 기렸다. 연설이 끝나자 짧은 침묵이 뒤따랐다. 거인이 등 뒤로 접어 둔 그림자는 크지 않아 겸손하게까지 보였다. 그가 해를 마주 보고 접은 그림자를 펴기 시작하자 주위는 경탄의 소음으로 가득 찼다. 젊은 여자와 건강한 청년의 그림자를 이어 조각보처럼 만든 그림자는 한창때의 생동하는 기운을 뿌리며 즐겁고 신나게 세상을 향해 달려나갔다.

거인이 편 그림자가 광장을 덮고 광장 뒤 언덕으로 올라가자 내 옆의 할머니는 허리를 숙이고 기도문을 외우기 시작했다. 광장 주변은 성호를 긋거나 염주를 돌리고 무릎을 꿇고 바닥에 엎드려 절을 하는 사람으로 가득 찼다. 누군가 칭송의 고함을 질렀다. 그 소리가 반향을 일으켜 사람들 모두 경쟁하듯 같은 고함을 지르기 시작했다. 귀가 먹먹할 정도의 환호성이 광장을 메웠다. 광장은 흥분으로 술렁거렸고 교향악단의 거인을 찬양하는 장중한 연주가 광장을 뒤덮었다. 나는 거인이 수집한 광대한 그림자에 두려움에 떨면서도 눈물을 흘리며 만세를 부르는 사람을 따라 자신도 모르게 만세를 불렀다. 나는 두 팔을 높이 쳐들고 내리는 행동을 반복하면서, 내 몸에 뜨거운 기운이 가득 차 터지지 않을까 염려했다. 거인의 그림자는 여배우가 미소 짓는 화장품 광고탑을 넘어 광장 왼편에 있는 시청사와 신문사, 성의 망루, 그리고 언덕에 솟은 통신탑까지 덮어버렸다.

그때까지만 해도 내 그림자는 아홉 덩이로 온전했다. 사람 그림자는 양팔과 양다리, 머리를 합한 다섯 덩이와 몸통 네 덩이로, 모두 아홉 덩어리였다. 그림자에는 눈이라 불리는 짙고 둥근 음영이 몸통 두 번째 덩이 중앙에 붙어 있었다. 눈이 붙은 몸통 덩이는 사람이 팔게 되는 마지막 덩이로, 그림자를 잘라내면 눈도 함께 스르륵 사라졌다. 그림자 눈은 사라질 때 희미하게 몇 번 깜박이는 것으로 주인에게 이별을 알렸다.

어두운 밤에 마리아와 함께 누워 있으면 그림자 눈은 내게 더 이상 이렇게 살 수는 없다고, 과감한 결단을 요구하는 소리를 내 몸에 불어넣었다. 그림자를 팔면서 생존할 수는 없다는, 내 귀에 울리는 소리는 점점 커져 나는 환청에 미쳐가는 게 아닌가 두려웠다. 마리아에게 그림자 눈이 내게 속삭이는 소리를 듣는다고 말했더니 마리아 자신도 듣는다고 말했다.

"그림자 눈은 주인이자 동반자인 사람에게 붙어 있기를 원해. 그래서 행동하기를 촉구하고 격려하는 거야."

7년 전에 그림자 제도를 반대하는 커다란 운동이 일어났다. 그 운동도 그림자 눈의 격려에 따른 것일까. 지금도 그들이 판매소 앞에서 벌인 엄중한 의식이 눈에 떠오른다. 운동원들은 도시의 그림자 판매소 앞에 검게 물들인 쇠가죽을 내려놓았다. 그들은 말없이 상의를 벗고 돌가루를 섞은 물감으로 얼굴과 상반신에 흰 줄과 검은 줄을 번갈아 그었다. 그들은 길게 깐 쇠가죽을 기어서 다섯 번 지나가고 가죽 위로 정화한 물과 붉은 향료를 뿌렸다. 하늘에 제사를 바치는 고대 제례의 형태를 바꿔 구성한 의식은 판매소 입구에 노란 물감으로 원을 세 개 그리고 주문을 외운 뒤 손도끼로 잘라낸 가죽을 판매소 주위에 뿌리고 끝났다. 투쟁이라기보다 기이한 행위예술로 보이는 의식은 며칠 후에 번진 폭동과 방화보다 판매소와 시민들을 떨게 했는데, 그 의식이 그림자가 갖는 힘을 빼앗는다고 여겨졌기 때문이다. 도시경비대도 의식에 개입하기를 꺼리다가 결국 의식을 치르는 자를 공격해서 여러 명을 죽이고 말았다. 그러자 여러 날에 걸쳐 판매소를 불태우는 폭동이 일어나 하늘을 검은 연기로 물들였다.

상인이 판매소 대기실의 텅 빈 자리에 눈길을 던지며 말했다.

"얘기한 여자가 올 때가 됐는데."

"마리아는 곧 올 겁니다."

그림자 상인은 기름진 목소리로 말했다.

"딱하군. 마지막 세 덩이라니."

상인은 전혀 안타까워하지 않는 기색으로 그림자를 모두 판 사람이 회색 도시로 쫓겨난다는 얘기는 하지 않았다.

어젯밤에 나는 마리아와 그림자 도시에서 마지막이 될지도 모를 저녁 식사를 묵묵히 나눴다. 마리아는 양팔 두 덩이와 그림자 눈이 든 몸통 한 덩이 그림자가 남아 있었다. 내가 양팔 그림자를 팔고 난 다음에 했던 식사처럼 침울했다. 그때 나는 양팔 그림자가 없어지자 수저를 든 손이 떨리는 것 같아 두 번이나 수저를 놓쳤다. 이상한 일이었다. 내 손은 실제로 존재하고 정확하게 운동하지만 사라진 그림자 탓인지 음식과 수저의 거리를 재지 못하는 것 같았다. 나는 몇 번 수저에 올린 음식을 쏟고 난 후에 서둘러 식사를 마쳤다. 나와 마리아가 사는 두 칸짜리 집은 욕조가 깨지고 베란다 틈새가 헐었으며, 욕실 천장에서 물이 모여 한 방울씩 똑똑 떨어졌다. 욕실에 들어갈 때마다 섬뜩한 소리로 울리는 낙수는 신경을 곤두세우게 하곤 했다. 거기다 비좁은 두 칸 방 천장 위를 떠도는 물은 돌아다니다 지칠 즈음에 탈출로를 찾아 방바닥에 떨어져서, 바닥에 양동이를 놓아두어야 했다. 양동이에 한 방울씩 떨어지는 물소리는 늘 똑같은 양과 속도인데도 점점 더 커져 때로는 쿵쿵하는 진동으로 귀를 괴롭히곤 했다. 방수업자는 1층 세 가구, 2층 세 가구가 모여 사는 다가구 주택 지붕과 벽을 전면 개보수해야 물이 잡힌다고 말했다. 내가 집주인과 세입자들에게 방수공사 이야기를 꺼내자 그들은 시큰둥하니 말꼬리를 흐렸다.

낙수 문제 따위는 하찮게 보일 정도로 먹구름이 덮인 분위기 때문인지 나는 급기야 식사 자리에서 회색 도시를 입에 올리고 말았다.

"회색 도시로 가더라도 그림자를 사서 다시 여기로 넘어올 수 있을 거야. 열심히 일하면 그리 오래 걸리지도 않을 거고."

마리아는 회색 도시로 넘어간 삼촌 얘기를 꺼냈다.

"도시 외곽에 놓인 높은 탑 말이야. 그곳 탐조등이 회색 도시로 넘어가는 삼촌의 등을 강렬하게 비췄어. 주변에 아무런 그림자도 남기지 않는 삼촌은 쓸쓸하고 외로워 보였지. 탐조등 빛에 밀려서인지 한 번도 뒤를 돌아보지 않고 뚜벅뚜벅 빠르게 걸어갔지. 그리고……."

나도 그 뒷얘기를 알고 있다. 마리아의 삼촌은 여태까지 그림자 도시로 돌아오지 못했다. 언제 그림자를 사서 다시 붙일 수 있을지 기약은 없었다. 삼촌은 마리아에게 자기는 회색 도시에서 잘 지내고 있다고, 여기도 사람 살 만하다고 소식을 전하곤 했다. 그리고 습관처럼 그림자 도시로 곧 돌아갈 조짐이 보인다고 덧붙였다. 조짐이 보일 수는 있겠지만 실제로는 더 멀어지고 있을 터였다. 그림자 값이 계속 오르고 있기 때문이다.

멀리 그림자 없는 사람들이 모여 사는 서쪽 도시는 수도와 전기가 들어오지 않았다. 회색 도시로 불리는 그곳 집은 판자로 벽을 만들고 기름 먹인 종이로 지붕을 이었다. 집 앞을 흐르는 개천 주위엔 뼈다귀와 오물과 음식 찌꺼기 따위가 역겨운 냄새를 내뿜으며 고여 있었다. 회색민에게는 더럽고 질척대는 냄새가 살갗 아래까지 스며들어, 누구나 회색민을 상징하는 냄새를 맡을 수 있었다. 그림자 도시와 회색 도시 사이에 중간지대가 놓였고 회색민들은 중간지대에서 생존에 필요한 물건들을 구입했다.

나는 마리아에게 물었다.

"삼촌이 중간지대로 자주 와?"

"응. 내가 몇 번 물건을 전한 적도 있어. 평평한 곳에 큰 바위 세 개가 놓인 곳에서 만났어. 멀리서도 눈에 잘 띄어."

"혹시 도시로 넘어와서 밤에……."

"아냐. 그런 일은 없어. 겁이 많아서 그럴 사람이 아니야."

삼촌은 그럴 사람은 못 되었다. 하지만 그렇게 변할 사람일 수도 있었다. 예전의 삶을 지운 회색민은 무슨 일이든지 벌일 수 있었다. 그들은 밤이면 감시탑을 피해 도시로 잠입해서 그림자를 강탈했다. 범행에 맞도록 제작한 작은 강철 정을 허리춤에 차고 등에는 납작한 가방을 메었다. 강도들이 빼앗은 그림자는 절단한 굴곡이 거칠었지만 가격이 싸서, 그림자 도시의 암시장에서 인기가 높았다. 그렇게 그림자 도시와 회색 도시는 명암으로, 동전의 양면처럼 연결되었다.

나는 상인에게서 시선을 돌려 그림자 판매소를 둘러보았다. 흰 대리석으로 지은 그림자 판매소는 여전히 아름다웠다. 7년 전 거세게 일어난 폭동은 오히려 판매소의 훌륭한 재탄생으로 이어졌다. 도시는 불에 탄 판매소를 새로 짓는 데 거액을 투자했다. 판매소는 개성 있는 건물로 나타나 도시의 명물로 자리잡았다. 판매대를 지나 둥근 복도의 끝에 놓인 원뿔형 공간은 꼭대기에 뚫은 구멍에서 들어오는 빛이 사각형 검은 제단을 비추는 구조였다. 좁은 구멍을 통해서 들어온 빛은 명암과 농도를 달리하며 제단으로 충만하게 퍼져 사람들은 그 빛 아래 앉아 고요함과 안식을 얻었다. 원뿔 공간은 번영과 부귀를 구하는 사람들로 넘쳐났고 신음소리를 삼키는 그림자 판매대와 원뿔 기도 공간은 기이한 대비와 상징으로 시민들에게 강렬한 인상을 남겼다. 마침내 원뿔 공간에서 신의 목소리를 들었다는 사람들이 나타나기 시작했다. 그들은 스스로를 예언자라 부르며 그림자 도시를 떠돌기 시작했다. 하미드라는 예언자가 이끄는 종파는 거인의 그림자가 망가지거나 없어지면 새 태양과 새로운 그림자가 열린다고 계시를 전파했다. 새로운 그림자는 사람과 한 몸으로 붙어, 사고팔 수 없는 존재로 탄생한다는 것이었다. 모든 사람이 명예와 위엄을 지닌 그림자의 주인이 되는 것이다. 그림자 도시를 떠도는 하미드 무리의 계시는 집과 땅과 사람에 흙먼지처럼 붙었다가 다시 바람에 날리면서 내게도 내려앉았다. 도시에 거인이 존재함을 자랑스럽게 생각하는 시민들이 예언자 하미드와 그를 따르는 무리를 헛된 망상에 가득 찼다고 비난하자, 그들은 몸에 그림자 아홉 덩이를 온전히 달고 있거나 몇 덩이를 지니고 있으면서도 그림자 도시를 떠나 흙으로 스며드는 물같이 회색 도시로 사라졌다.

나는 하미드 종파와 만나면서 중력에 이끌리는 것처럼 점점 그들 무리의 믿음에 빨려 들어갔다. 악의 심연은 수많은 사람의 그림자가 달린 거인 그림자에서 나날이 깊어진다고 그들은 속삭였다. 그림자와 그림자의 눈을 주인에게 돌려주는 건 신이 하미드에게 계시한 의무였다. 이년 전 어느 날 도시 변두리의 집에서 나는 하미드를 만났다. 하미드는 광대뼈가 나오고 세모 턱이 도전적인 40대 남자였다. 그는 눈빛을 번쩍이다가도 자신의 신자에게 시선이 향하면 따스하고 부드러운 눈길로 변했다. 하미드는 내 머리에 손을 얹고 평안과 축복의 말을 오래 읊었다. 하미드는 그날 모인 무리에게 그림자 도시 광장에서 거인이 몰락한다고 예언했지만 그림자 거인은 완강하게 건재했다. 하미드가 계시를 내리고 얼마 되지 않아 거인은 도시의 광장에서 자신이 수집한 그림자를 펼치는 장대한 의식을 치렀다. 그런데도 하미드를 따르는 무리는 계시를 의심하기는커녕, 계시가 곧 성취된다는 믿음만 더 단단하게 붙들었다.

마리아가 판매소에 도착했다. 상인이 두툼한 손을 들었다가 배우처럼 위에서 허리 옆으로 내리면서 환영했다. 상인은 마리아를 판매대 앞으로 데리고 갔다. 마리아는 판매대 앞에서 부드럽고 윤기 나는 머리칼을 손으로 잡고 고개를 흔들었다. 마리아의 그림자는 흰 벽에서 일렁이며 불안스레 벽을 떠돌다 이곳을 벗어나려는 듯 다시 움직였다. 그림자 상인은 한쪽 무릎을 꿇고 마리아의 그림자를 손으로 어루만졌다. 그림자를 엄지와 검지로 집어 두께를 헤아린 다음 양손으로 움켜쥐고 비틀어 잡아당겼다. 상인의 손에서 구겨졌던, 가공하지 않은 자연 그대로의 그림자는 손을 놓자 원래의 탄력 넘치는 모습으로 돌아갔다.

마리아는 맨발로 판매대에 올랐다. 상인이 스위치를 올리자 마리아가 선 곳에서 네 걸음 앞에 매달린 사각형 등이 초록색 빛을 쏘았다. 탐스러운 그림자는 판매대에 새겨진 정사각형 도형 위로 드리웠다. 상인은 고정 장치로 그림자가 움직이지 못하도록 단단히 붙잡았다. 상인은 마리아에게 눈을 감으라고 말하면서 굵고 텁텁한 목소리로 별일 아니라는 듯 가벼운 말투로 덧붙였다.

"아픕니다."

상인은 날이 예리한 강철 정으로 잘라낼 그림자 경계를 따라 선을 그었다. 그는 마리아 그림자의 오른쪽 어깨를 찍어 단숨에 팔을 잘라내고 말아서 붉은 끈으로 단단하게 묶었다. 왼쪽 어깨도 마찬가지 방식으로 잘라냈다. 양팔이 없어진 그림자는 기괴한 모습에 스스로 어쩔 줄 몰라 움츠러들었다. 상인이 마리아의 그림자 눈이 있는 몸통 마지막 부분을 정으로 내리치자 마리아는 주먹을 쥐고 이를 악물었다. 마리아의 다문 입에서 가냘픈 소리가 새어 나왔다. 신음은 통증 때문만은 아니었다. 태어나서 지금까지 같이 다닌 그림자를 자르면 몸이 자연스레 두려움에 떨면서 가보지 않은 깊은 동굴 속 메아리를 닮은 앓는 소리가 나온다. 마리아의 풍성한 머리칼이 정 소리에 맞춰 떨리고 있었다. 금속과 금속이 부딪치는 그림자 자르는 소리는 텅 빈 허공을 규칙적으로 울렸고 그림자의 눈이 광채를 잃고 깜박이면서 죽어갔다. 나는 마리아가 손을 떨 때마다 어깨를 움찔거리며 안타깝게 마리아를 쳐다보았다. 그러면서 내 몸 깊은 곳에서 쑥쑥 올라오는 분노를 느꼈다. 분노는 머리끝까지 올랐다가 다시 발로 내려가서 다시 증폭되어 배에서 가슴으로 머리로 올라왔다. 예언자 하미드의 계시를 되새기자 그의 확신에 찬 목소리가 쿵쿵 몸을 울렸다. 하미드가 말한 대로 나도 거인이 없고 그림자를 사고팔 수 없는 세상이라는 빛의 세계로 들어가고 싶었다.

나는 마리아를 다시 바라봤다.

마리아는 나를 만나면 그림자를 팔랑이며 펼쳤다. 그림자에는 여자의 젖가슴과 허리까지 이르는 실루엣을 닮은 음영이 주름져 있었다. 젊고 매력적인 그림자는 나를 유혹하는 생생한 기운을 내뿜었다. 내가 머뭇대며 그림자의 가장자리에 손을 대면 마리아는 깔깔 웃으며 엉덩이를 비틀어 그림자를 오므렸다. 그

156

림자의 허리와 엉덩이가 손에 닿자 나는 그림자로 뛰어들었다. 마리아가 매끈하고 탄력 넘치는 그림자를 꼬아 굴곡지게 펼치면 나는 맨살에 닿는 그림자의 감촉에 황홀해하면서 그림자가 지어내는 음영에 몸을 밀착시켰다. 내 몸이 달아오르고 팽창하면 마리아의 그림자는 나를 깊게 안았고 나는 그림자의 굴곡진 허리에 벗은 몸을 깊숙이 밀어 넣었다. 그림자의 싸늘함이 온기 있는 몸보다 나를 더 자극해 심장이 강렬하게 뛰었다. 그럴 때면 나는 그림자를 모으는 심정을 알 것 같았다. 그림자를 길게 단 그림자 거인의 마음속 밑바닥까지 들어갔다 나온 기분이었다. 그 모든 추억이 지금 사라지고 죽어가고 있었다.

상인은 마리아의 그림자 몸통에서 그림자 눈이 있는 가슴 부분 경계를 따라 정을 박고 망치로 때려 재빠르게 잘랐다. 그리고 양손을 몸통 끝에 집어넣고 무릎을 굽히고 엉덩이에 힘을 주어 쭉 뜯어냈다. 마리아가 짧은 비명을 지르고는 자신이 낸 소리에 놀라 입술을 앙다물고 신음을 삼켰다. 마리아가 지른 신음과 출렁거린 머리칼이 허공을 치자 나는 주먹을 꽉 쥐고 질끈 눈을 감았다. 잘린 그림자는 가장자리가 졸아들며 도르르 말려 올라갔다. 상인은 잘린 그림자를 말아서 붉은 리본을 매고 원통 상자에 넣었다. 상인의 뺨은 달아올랐고 입술은 축축하게 젖어 있었다. 상인은 아쉬운 듯 강철 정의 끝부분을 수건으로 문질렀다.

나는 자리에서 일어나 묵묵히 마리아의 손을 잡았다. 상인은 마리아가 내민 가죽 주머니에 빛나는 금화를 헤아려 170데나솔을 떨어뜨렸다. 마리아가 더듬대면서 주머니 입구를 묶지 못하자 상인은 솜씨 좋게 붉은 끈으로 입구를 묶어서 건네주었다. 주머니 안에서 10데나솔짜리 금화가 서로 부딪히며 쨍그랑 그렸다. 상인은 마리아를 고갯짓으로 가리키며 내게 말했다. 사흘쯤 쉬는 게 좋아. 그림자를 잘라도 멀쩡하다고 말하는 사람도 있지만 알게 모르게 몸이 타격을 깊이 받으니까. 그림자 상인은 묻지도 않았는데 이번 물건 같으면 2년 전에는 165데나솔이었고 5년 전에는 158데나솔 정도 쳤을 거라고 말했다. "그림자 가격이 끝없이 올라. 거인이 샀던 그림자를 내놓는 일이 없으니까."

상인은 어깨를 으쓱하며 말했다. 거인이 사들인 그림자를 가공하고 접합하는 기술이 날로 발전해서 이제는 한 장처럼 보인다고 했다. 나와 마리아가 놀라 동시에 되물었다.

"한 장으로요?"

"그렇다니까."

나는 마리아와 골목길을 걸었다. 발자국 소리만이 그림자 없는 마리아와 겨우 두 덩이 남은 내 뒤를 피곤하게 따라왔다. 마리아가 결심을 담아 똑 부러지게 말했다. 내일 새벽에 회색 도시로 건너갈 거야. 나를 마중하지 않아도 돼.

마리아는 뒤따라가는 나를 직접 막아서는 것처럼 단호했다. 삼촌이 나를 마중 나올 거야. 나는 아무런 말도 할 수 없었다.

내가 무슨 말을 할 수 있으랴. 삼촌이 예언자 하미드 신자인 거 알아? 아니, 몰랐는데. 삼촌은 늘 마지막 봉기를 읊었어. 어떻게 마지막 봉기가 일어나겠어? 우리 같은 사람도 봉기에 가담하지 않잖아. 마리아는 힘차게 말했다. 나는 다시 그림자 도시로 돌아올 거야. 어쩌면 봉기군의 선봉에 서 있을지도 몰라. 마리아는 심각하지 않게, 웃음을 섞어 농담처럼 말했기에 더 진실하게 들렸다. 나는 말했다. "봉기가 어떻게 일어나는지 알아?" 하미드도 그를 따르는 무리도 봉기가 번지는 방식에 침묵했다. 막연히 어디선가 봉화가 일어나고 그 불을 뒤따라 여러 곳에서 봉화가 타오르는 방식이 아닐까 추측했다. 마리아가 말했다. "봉기는 마음속에서 일어나는 거야. 그러면서 그림자 눈도 부활하지."

나는 마리아의 옆에서 밤새 뒤척이다 깜박 잠에 들었다. 꿈에서 펄럭이는 그림자를 잡으러 쫓아갔으나 그림자는 망루와 언덕을 넘어 내게서 점점 더 멀어져갔다. 옅은 잠에서 꿈은 바뀌었다. 나는 그림자가 비로 내리는 거리에 서 있었다. 길에 떨어진 그림자 빗방울은 동심원으로 퍼지며 무수한 그림자 무늬를 만들었다. 그림자를 담아 가면 좋겠어. 어디에도 그림자를 담을 만한 그릇이나 양동이는 보이지 않았다. 오므린 손에라도 담으려고 손을 내밀자 그림자 비는 그곳에만 내리지 않아 하얀 공간으로 보였다. 조금 더 몸을 앞으로 내밀자 그림자 비는 그만큼 더 멀어져갔다. 나는 빠르게 걷다가 달리기 시작했다. 내가 달리는 곳을 따라 그림자 비가 멈춰 하얗고 긴 통로가 만들어졌다. 나는 숨이 가쁘고 가슴이 터질 것 같아 헉헉 숨을 급하게 몰아쉬다 잠에서 깼다.

마리아는 없었다. 마리아가 누웠던 자리에 남은 미지근한 온기만이 마리아의 존재를 말해주고 있었다. 나는 창밖을 내다보았다. 도시는 캄캄해 여명이 오기에는 오래 걸릴 것 같았다. 나는 예언자 하미드와 함께 있었던 노인을 찾아가기로 결심했다. 여러 번 마음먹었지만 계속 미뤘던 일이었다. 그림자 거인이 붙인 그림자를 모두 없앤다는 마지막 봉기처럼, 이번 결심은 마지막이어야 했다.

노인은 내가 하미드를 만났던 변두리 집에 그대로 살고 있었다. 노인은 팔뚝이 튼튼했고 허름한 옷차림으로 탄탄한 근육을 감추고 있었다. 노인은 선선히 나를 맞아들였고 내가 예전에 예언자 하미드 모임에 몇 번 왔던 사실을 말하자 고개를 끄덕였다. 노인이 너무나 자연스럽게 봉기를 돕겠다는 나를 인정해, 나는 그가 사람을 분별하는 능력이 떨어졌거나 아니면 봉기라는 말이 허공에 떠돌며 결코 땅으로 내려앉지 못하는 휘황한 깃털과 같은 게 아닐까 싶었다.

나는 노인에게 말했다.

"제가 그림자 거인 쪽의 첩보원이 아닐까 의심이 들지 않습니까?"

노인은 칼칼한 목소리로 말했다.

"전혀. 나는 자네를 믿어."

나는 의아했다.

"믿어주니 고맙습니다만 놀랍습니다."

"자네가 마리아와 살았다는 것을 알지. 마리아가 마지막 그림자를 팔고 회색 도시로 떠난 사실도 알고."

나는 놀라 자세를 고쳐 앉았다.

"마리아도 삼촌을 통해 예언자와 연결되어 있어. 170데나솔에서 일부를 떼내서 우리 자금에 보탰어. 담대한 아가씨야."

노인은 나를 데리고 집 뒤에 붙은 창고로 들어갔다. 창고에 쌓은 포대 자루 아래로 지하 계단이 있었다. 나는 랜턴을 든 노인을 따라 계단을 내려가 굴로 들어갔다. 굴은 무릎을 숙인 한 명이 겨우 통과할 만큼 좁았다. 몇 번 갈림길을 지나 탁자와 벽장이 놓인 빈터에 도착했다. 노인은 벽에 걸린 장에서 배낭을 꺼내 내게 거인 그림자를 채집하는 도구를 건넸다.

노인은 거인이 그림자의 끝을 특별히 구한 조각으로 장식하고 있다고 말했다. 죽음을 이기고 되살아난 사람의 그림자로 말이야. 그림자를 채운 사람은 다양했다. 의사가 가족에게 임종이 곧 닥친다고 알렸지만 멀쩡하게 나아서 걸어 나온 사람, 몇 개월의 생존 기간만 남았다고 의사가 단언했으나 몇 개월의 수십 배를 산 남자, 호흡 장비를 떼면 바로 숨을 거둔다고 말했지만 일어나서 산책을 한 사람, 터널에서 일어난 교통사고와 건물화재에서 행운으로 살아난 사람, 붕괴 사고에서 살아남아 기적으로 뉴스를 장식한 아이의 그림자가 거인의 그림자 끝을 특별하게 장식한다는 것이었다. 그런 사람들의 끈질긴 생명력과 의지는 지금의 위치에 오른 그림자 거인의 이미지이기도 했다. 생존자와 부활한 자의 생명력 넘치는 조각보는 거인에게 지하의 암흑을 뚫고 귀환한 영웅의 느낌을 선사했다.

노인이 내게 말했다.

"거인이 그림자를 이음새 없는 한 장으로 만든다는 얘기는 들었나?"

나는 고개를 끄덕였다. 그건 거인이 이질적인 그림자를 이어 붙이면서 기존의 접합 방법과 규정마저도 넘어서려는 움직임이었다. 그림자 상인도 그림자를 수십 덩이 붙여서 접어놓았다가 쫙 펼치면서 자랑을 하곤 했다. 그림자 상인의 그림자를 손으로 훑으면 촉감이 매끄러웠고 윤기가 흘렀다. 그러나 이음새가 손가락에 걸려 눈살이 찌푸려졌다. 이음새 부분을 만지면 거칠게 불룩 솟아 있었다. 그림자를 잇는 장인이 아무리 노력해도 다른 사람의 눈이 살아 움직였던 그림자를 원 그림자처럼 똑같게 이어 붙일 수는 없는 일이었다. 그림자를 파는 시장에서는 미세한 이음새나 매끄럽지 못한 곳에 따라 가격이 크게 벌어졌다. 거인은 그 장벽조차 넘어서고 있는 것이다.

노인이 내게 건넨 물건은 집게 모양으로 엄지손가락을 아래에 넣고 둘째와 셋째 손가락을 위에 넣어 그림자를 찍어서 뜯어내는 도구였다. 뜯어낸 그림자는 집게 안쪽의 롤러에 붙어 안으로 들어가 보관되었다. 거인이 그림자를 어떻게 붙이고 유지하는지를 분석할 수 있는 시료였다. 단순한 도구지만 깊은 굴에 숨겨둘 만큼 위험한 물건이기도 했다. 노인은 집게를 사용하는 시범을 보이면서 그림자를 뜯어낼 때 약간의 틈을 두고 뜯어내는 게 중요하다고 말했다.

"떼 온 곳에 접합 부분이 없으면요?"

"그래도 나름 괜찮아. 거인이 그림자를 관리하는 특별한 방법을 알아낼 수 있으니까."

노인은 그림자를 채집할 장소로 성벽의 남쪽 망루를 말했다. 성벽 망루는 경사가 급했다. 계단 돌은 세월과 사람의 발에 닳고 닳아 패이고 반들반들했다. 폭풍이 덮쳐 망루 벽에 구멍이 난 후로 외부인은 망루에 들어갈 수가 없었고 망루 관리인과 보수 기술자만 오를 수 있었다.

노인이 말했다.

"자신 없으면 그만둬도 돼. 그렇다고 부끄러운 일은 아니니까."

내가 침묵으로 수락을 표하자 노인은 명심해야 한다면서 강조했다.

"일을 끝내면 반드시 망루 일 층으로 내려와야 해. 설령 실패해도 말이야."

"일 층에는 왜 내려가야 하는가요?"

노인은 의미심장하게 말했다.

"내려오는 것이 내려오지 않는 것보다 나으니까. 그리고 일층을 통해서만 밖으로 탈출할 수 있으니까."

그날이 왔다. 나는 노인이 건네준 열쇠로 망루 자물쇠를 열고 몸을 앞으로 숙여 벽을 짚고 망루를 천천히 올랐다. 망루 꼭대기에는 줄에 묶인 종이 있었고 나는 종 아래에 몸을 숨겼다. 너무나 거대한 그림자에 휩쓸리면 기운을 빼앗긴다는 소문이 돌아 그림자가 덮칠 공간에는 사람이 많지 않았다. 그래도 그림자를 숭배하는 사람은 길목에서 기다렸다가 그림자가 덮쳐오면 황홀하게 그림자를 감고 정신을 잃곤 하였다.

거인이 드리운 그림자는 부채꼴로 펴졌고 그 부채꼴은 다시 옆과 위쪽으로 늘어나며 일렁였다. 그림자는 거대한 전갈같이 마지막 자락을 곤추세우고 달려들었다. 끝자락은 땅과 건물과 산에 침을 박아 자리를 확보하고는 다시 뻗어 나왔다. 그림자 조각이 흔들리지 않고 구역과 방향을 잡아 치밀하게 부푸는 모습은 소름 끼치는 장관이었다. 거인의 그림자가 퍼지는 모습을 보면 정신을 차리기가 쉽지 않아 작업이 어려웠다. 망루에서 주저앉아 기다렸다가 거인이 광장에서 그림자를 풀면 망루를 지나가는 순간을 잡아서 재빠르게 집게를 쓰기로 계획했다. 망루의 뚫린 사각 창을 통해 거센 바람이 지나갔다. 거인이 그림자를 풀면 교향악단이 바이올린과 첼로 합주로 연주를 시작한다. 그때부터 숨쉬는 리듬을 따라 137번을 헤아리면 망루로 그림자가 지나갈 것이다.

손목에 찬 시계를 보기보다, 마음을 안정시킬 겸 규칙적으로 숫자를 헤아리는 편을 택했다. 까마귀가 창턱에 날아와 큰 날개를 접고는 고개를 갸웃대며 쉼터를 침범한 나를 유심히 쳐다보았다. 방해자를 쫓아내기 위해 친구를 불렀는지 두 마리가 연달아 날아왔다. 까마귀들은 놀랄 만큼 긴 날개를 펼치고 까악 높은 울음을 울고 내게 덤벼들 듯이 날개를 퍼덕거렸다. 나는 꼼짝 않고 까마귀를 쳐다보다가 혹시 나를 시체로 알고 쪼려 들지 않을까 싶어 오른팔을 절도 있게 흔들었다. 가까이서 휘저은 내 팔에 까마귀들은 깜짝 놀라 창턱에서 굴러떨어지다시피 하며 멀리 날아갔다.

교향악단의 힘찬 연주가 지나가면서 그림자의 첫 부분이 창턱을 지나 망루 꼭대기를 타 넘으며 지나갔다. 나는 잠시 기다린 후에 숨을 깊이 들이마시고 창턱을 지나가는 그림자를 집게로 뜯어내고 다시 둘을 셌다. 두 번째도 성공했다. 이제 한 번만 더 작업하면 마무리지을 수 있었다. 그때 망루를 지나가던 그림자 장막에서 한 조각이 갑자기 튀어나와 망루 안으로 들어왔다. 그림자는 내 앞에서 나를 닮은 똑같은 모양으로 모습을 만들어 불쑥 섰다. 그림자의 얼굴 부분에 사람의 눈과 코와 입을 닮은 음영이 져서, 영락없이 내가 새카만 얼굴로 변신했는가 싶었다. 그림자 몸에서 손이 뻗어 나와 집게를 가로챘다. 나는 놀라 뻣뻣하게 몸이 굳었지만 집게를 꽉 잡고 손을 뒤로 뺐다. 그림자 손은 부드럽게 달래는 동작으로 내 손을 감아 쥐고는 점점 억세게 힘을 주었다. 이대로는 압착기에 눌린 것처럼 손이 바스라지겠다 싶어 순간적으로 강하게 힘을 줘서 집게를 낚아챘다.

나는 망루 계단을 뛰어 내려갔다. 나를 향해 그림자 위로 또 다른 그림자가 달려오고 있었다. 그림자를 덮은 덮개 그림자는 거실에 까는 양탄자 크기였고 아래에 깔고 있는 그림자보다 푸르스름한 색을 띠었다. 한때는 경찰이나 경호원에 붙었을 덮개 그림자는 수천의 발을 가진 지네처럼 가볍고 빠르게 미끄러지며 내게로 향했다. 나는 비상용으로 준비한 쇠꼬챙이를 덮개를 향해 던졌다. 덮개는 쇠꼬챙이를 날렵하게 피해 내 뒤쪽에서 짐승의 목에 이빨을 박아 넣은 맹수인 양, 발에 달라붙었다. 망루 문 앞에 서서 덮개를 떼어내려고 양손으로 잡아 뜯었다. 발목을 덮은 덮개 그림자는 자신을 뜯어내려는 손에도 집요하게 달라붙었다.

덮개는 끈끈한 막으로 내가 더 도망치지 못하도록 발목을 죄었다. 나는 덮개 그림자를 뿌리치며 발을 질질 끌고 문 쪽으로 옮겨갔다. 발이 끈적끈적한 덮개 그림자의 늪 속으로 빠져 움직이기 힘들었다. 사람의 신체에 붙었던 그림자들이라 지독히 달라붙어 파고드는 성질을 지녔다. 나는 등에 멘 배낭에 넣은 집게를 지키며 망루 문으로 혼신의 힘을 다해 발을 끌었으나 달라붙는 그림자에 지쳐 발걸음이 느려졌다. 숨이 찼고 가슴이 아팠다. 돌아보자 나는 몇 발자국 빠져나온 것 같기도 했고 그 자리를 맴도는 것 같기도 하였다.

나를 닮았던 검은 그림자가 망루 창에서 내려와 문 앞에서 사투를 벌이는 내게로 왔다. 그림자 얼굴은 내 앞에 똑바로 서더니 망설임 없이, 지시를 받았다는 단호한 태도로 내 얼굴에 자신을 덮어 씌웠다. 광장의 교향악단은 호른과 트럼펫이 고음으로 거인을 찬양하며 절정을 향해 달려가고 있었다. 팀파니가 쿵쿵 울렸다. 나는 얼굴을 덮은 그림자를 뜯어내려 몸부림치고 손을 그림자에 깊숙이 넣어 잡아떼려고 했으나 그림자는 완강하게 휘감아들었다. 내가 잡아 쥔 거인의 그림자는 촉촉하고 말랑말랑한데다 정다운 느낌조차 들어 어디선가 자주 대했던 녀석 같았다. 나는 내가 팔았던 그림자가 아닐까 의심하며 아찔했다. 조금 전에 망루 창턱을 떠났던 까마귀 세 마리가 계단을 타고 망루 문으로 내려와서 고개를 갸우뚱하며 얼굴의 그림자를 거머쥐고 새어나가지 않는 비명을 지르는 나를 바라보았다.

망루의 문이 벌컥 열리더니 노인이 들어섰다. 노인은 망설이지 않고 손도끼로 그림자를 쾅쾅 찍어냈다. 그림자가 지르는 소리 없는 비명이 망루를 채우는 것 같았다. 잘린 그림자가 몸부림치며 우왕좌왕하자 노인은 등에 멘 통에서 페인트 붓을 꺼내더니 내 얼굴의 덮개 그림자에 듬뿍 하얀 칠을 올렸다. 약초를 달인 쓴 냄새가 얼굴을 덮자 나는 진저리를 쳤다. 덮개 그림자는 바닥에 떨어져 몸을 말아서 부르르 떨고 있었다. 노인은 찍어낸 그림자에게도 붓을 마구 휘둘러 하얗게 칠을 했다. 그림자들은 몸을 말고 쪼그라들어 버석버석 굳어버렸다.

망루 일 층의 바닥에서 생각지도 않은 둥근 뚜껑이 열리더니 지하로 연결된 통로에서 정확한 간격으로 한 명씩 사람이 뛰어나왔다. 그들은 모두 노인과 같은 황갈색 옷에 머리를 검은 두건으로 질끈 묶고 허리에 손도끼를 차고 등에 흰 액체를 담은 통을 메고 있었다. 절반쯤 되는 사람은 어떻게 쓰는 건지는 모르겠지만 활을 닮은 무기를 옆구리에 끼고 있었다. 스무 명이 넘는 그들은 세 줄로 서더니 망루 문을 박차고 뛰쳐나갔다.

나는 그들의 기세에 감격해 말했다.

"마지막 봉기인가요!"

노인이 말했다.

"마지막인지는 모르지만…… 봉기는 맞지."

노인은 내게 망루의 뚜껑으로 들어가라고 말했다.

"첫 번째 갈림길에서 오른쪽으로 가게. 굴 속에 안내자가 있을 거야."

나는 안내자를 따라 굴을 따라 나갔다. 굴은 거대한 미로로 가지를 치며 뻗어 나갔다. 한 사람이 무릎을 숙이고 겨우 지나갈 수 있는 굴이었고 옆으로 손을 뻗자 우둘투둘한 돌과 단단한 흙벽이 느껴졌다. 굴은 맞은편 사람이 지나갈 수 있도록 가끔 넓어졌다가 다시 좁아졌다. 덮개 그림자가 얼굴을 덮었던 탓인지 숨이 가빴다. 언젠가 마리아에게 들었던 말이 떠올랐다. 예언자 하미드 무리는 회색 도시에서 거대한 반격을 준비하고 있다고, 반격은 그림자 거인이 힘을 쓰지 못하는 지하에서 일어날 것이라고. 나는 안내자의 몸에 묶은 줄을 잡고 지하의 굴을 따라가며 회색 도시가 그림자 도시 안에 키워낸 거대한 지하 굴의 위용에 놀랐다. 한편으로 이 굴의 끝에는 마리아가 기다리고 있을 것만 같아 마음이 설렜다. 이 굴의 끝에서 마리아가 나를 향해 오고 있는 것 같아 발걸음이 절로 빨라졌다.

작가의 말

　네 번째 단편집을 낸다. 이번 책까지 합하면 단편집 네 권에
두 권의 장편을 냈다. 단편을 쓰면서 형식을 달리해보면 어떨
까 생각해보기도 했다. 신춘문예 때문인지 원고지 80매 전후의
단편이란 형식이 정착된 듯하다. 그보다 더 짧거나 단편이 모여
장편으로 재구성되는 형식도 생각해볼 만하다. 짧은 단편을 스
마트 소설이라는 이름으로 내는 문예지도 있기는 하다. 단순히
원고 매수만 짧은 게 아니라 그 형식에 담기는 내용도 '처음과
중간과 끝'이 있는 이야기가 아닌 자유분방한 형태도 좋지 않
을까 한다. 지금은 문자문화를 압도하는 영상문화의 시대가 아
닌가. 영상 시대에 대응하기 위해서도 다양한 형식 실험이 필요
할 것이다.
　이런 생각을 하면서도 아직 새로운 형식을 택할 용기와 내면
의 축적이 모자라, 이번 단편집은 전통 방식의 양과 형식을 따
르게 되었다. 작품 내용은 리얼리즘에서 판타지까지 다양하다.

리얼리즘과 판타지가 결합한 소설, 즉 현실과 가공의 세계가 결합해서 새로운 세계상과 세계관을 보여주는 소설이 이 시대에 필요하고, 문학 본연의 모습에도 맞다는 생각에 빠지곤 한다. 카프카의 「변신」이야말로 그런 작품이 아닌가. 그런 작품을 쓰고픈 마음은 가득하지만 필력과 노력이 따르지 못해 아쉬울 뿐이다.

박경리 작가가 1973년 6월에 『토지』 1부를 출간하면서 쓴 서문을 읽었다. 작가는 암 수술을 받고 퇴원한 그날부터 가슴에 붕대를 감은 채 『토지』 원고를 썼다. 전신에 엄습해오는 통증과 급격한 시력의 감퇴, 밤낮으로 물고 늘어지는 치통으로 작업은 붕괴되어가는 체력과의 맹렬한 투쟁이었다고 했다. 그러면서 작가는 마지막 시간까지 내 스스로는 포기하지 않겠다고 다짐한다. 『토지』를 다시 읽는다. 그 엄청난 장편의 길을 걷기 위한 첫발을 어떻게 뗐을까, 생각하면 두렵기조차 하다. 그렇게 험한 길을 앞서서 간 선배 소설가가 있으니 열심히 발자국을 따라가야 한다고 마음을 다잡아본다.

모자라는 글을 다듬은 산지니 출판사의 편집자와 멋진 표지를 만든 디자이너에게 감사드린다. 코로나 바이러스가 천지를 덮은 이 시대는 어쩌면 역사의 대전환기인지도 모른다. 그런 시기에는 예술도 커다란 변화를 겪기 마련이다. 새로운 변화의 시대에서 더 열심히 쓰겠다고 다짐해본다.

수록작품 발표 지면

57번 자화상(『좋은 소설』, 2018년 가을호)

콜트 45(『작가와 사회』, 2019년 가을호)

처형(『문학나무』, 2019년 여름호)

축제의 끝(『사람의 문학』, 2020년 겨울호)

견습생 풍백(『한국소설』, 2021년 1월호)

그림자 도시(『문학무크 소설』, 2020년 겨울호)

정광모

소설가. 부산 출생으로 2010년『어서 오십시오, 음치입니다』로 ≪한국소설≫ 신인상을 받으며 작품 활동을 시작했다. 부산대학교를 거쳐 한국외국어대학 정책과학대학원을 졸업했고 소설집『작화증 사내』,『존슨 기억 판매회사』,『나는 장성택입니다』, 장편소설『토스쿠』,『마지막 감식』, 그 외『작가의 드론독서 1, 2, 3』이 있다.